JN033497

傷だらけの僕らは、
それでもいつか
光をみつける

Someday we will find the light even though we are full of scars. by Shiomi Natsue

汐見夏衛

イラスト　タミウラ
装丁　　　齋藤知恵子

忘れ去られた水槽のような、
だれもいない世界の片隅で、
背中合わせの僕らは出会った。
そして、背中合わせのまま、
同じ場所で、同じ時を過ごした。
同じ傷を隠しながら、同じ夢を見ながら。
まるで、つかのまの雨宿りをするように。

0章 化物

＊

わたしはふと教科書から顔を上げ、外へ目を向けた。

窓の向こうに、一瞬、なにか黒っぽいものが見えた気がしたのだ。

動かした視線の先には、今は使われていない旧校舎がある。

でも、しばらくじっと観察してみても、特に変わった様子はなかった。

いつもと同じ、教室の窓から見える風景がそこには広がっている。

わたしは小さく首をかしげつつ、先ほど視界の端でわずかにとらえた光景を、なぞるように思い返した。

重力に従って、上から下へとまっすぐに落ちていくように見えた、黒い影のようなもの。

まるで、旧校舎の屋上から落ちたような――。

……そんなわけないか、と唇だけで笑う。

きっと窓の外を黒い鳥かなにかが飛んでいたのだろう。

わたしは小さく息を吐き、再び教科書に目を戻した。

そのとき、今度はなにか白いものが、視界の端で風にあおられ、羽根のようにひらりとひるがえった。

はっとする間もなく、白い影は風とともに窓の隙間から教室の中に入り込んできて、ふわりとわたしの机の上に着地した。

それは一枚の紙だった。

「…………?」

無地のノートかルーズリーフの切れ端のようだ。

窓から射し込む光を反射して、目に痛いほど真っ白に輝《かがや》くそれを手にとり、わたしはなにげなく裏返してみる。

「え……っ」

思わず小さな悲鳴をあげた。

まわりに聞こえてしまったかなと焦って見回したけれど、ちょうど先生が大きな声で話していたので、わたしの声はだれにも届かなかったようで、よかったと安心する。

それからわたしは再び手もとに視線を落とした。

舞い込んできた真っ白な紙の裏側は――いや、たぶんこちらが表なのだろう――真っ黒な鉛筆で、ぐちゃぐちゃに塗りつぶされていた。

でも、隠すように塗られた黒の下になにかが書かれているのが、線の隙間からうかがえる。

じっと目を凝《こ》らしてみる。

なにかの絵と文字のようだ。

すこし持ち上げて光に透かすようにしたら、ずいぶん見やすくなった。

宇宙人みたいな、ひょろひょろと細長く薄っぺらい身体をした生き物が一匹、描かれている。

その顔には、口がなかった。

のっぺりとした顔に、ぽっかりと開いた空洞のような瞳だけが、異様に目立っている。

うつろな目からは、大粒の涙がぼろぼろとこぼれ落ちていた。

絵の下には、『口がきけない化物』と、震えるような文字で書かれている。

それから蟻みたいに小さな文字がぎゅうぎゅう詰めに並んでいた。

0章 化物

『その化物には、生まれつき口がない。
だから、化物はだれとも話せない。
だから、化物は気味が悪い。
だから、みんな化物が嫌い。
だから、化物はいつもひとり。
その化物は、死んだ目をしている。
みんなとは違う目をしている。
だから、化物は――』

途中まで視線を滑らせて、わたしは読むのをやめた。
絵も文章も、なんだか不気味だった。
背筋がぞわりとして、思わず紙きれから目を背ける。
なにこれ、暗いなあ。どうせ読むなら、楽しいのがいい。
わたしは視線を逸らしたまま、そっと紙を裏返した。

それきり、その日のことは忘れていた。

学校で過ごしてきた数百日、いろいろあるけれどなんにもない日々のうちの、なんの変哲もない無意味な一日として、わたしの記憶の中で薄れていった。

1章 逃避

*

わたしは強いと思っていた。

わたしは正しいと思っていた。

わたしは好かれていると思っていた。

ちゃんと本音で話し合えば、人はみな分かり合えると思っていた。

平穏な日常はこれまでどおり、いつまでも続いていくと思っていた。

なにか問題が起こっても、がんばればいつかは元どおりになると思っていた。

でも、違った。

そんなものは全部、全部、幼くて浅はかなわたしの勘違いだった。

わたしは弱いし、間違いも犯すし、本当の意味ではだれからも好かれてなんかいなかった。

どんなに話したって決して分かり合えない人たちがいるし、平穏な日常なんて一瞬で崩れるし、一度壊れたものを元どおりにすることなんてできない。

馬鹿なわたしは、十七歳にしてやっと、現実を思い知ったのだ。

＊

「ねえ、見て見て」

笑いを含んだ声が、背中に飛んでくる。

「瑠璃《るり》のやつ、またいい子ぶりっこやってるよ」

ひそひそ話を装いつつ、でも間違いなくこちらまで届く大きさの声で、麗那《れいな》がくすくすと笑いながら言うのが聞こえた。

反射的に動きが止まりそうになったものの、わたしはなんとか自分を奮い立たせ、出口に向かって足を動かしつづける。両手に持った実習ノートの束が、ずっしりと重くなった気がした。

「点数稼ぎに必死ですねー」

声は容赦なく背中に突き刺さる。

なによ、点数稼ぎって。ただ普通に先生の手伝いしてるだけじゃん。心の中でいらいらとつぶやく。

教室を出てすぐに小林《こばやし》先生に追いついた。足音に気づいたのか、先生が振り向いてにこりと笑いかけてくる。

「香月《かづき》さん、ありがとねえ」

「いえ、ぜんぜんです」

わたしが小さく首を横に振って応えると、先生は白髪頭を何度もゆっくり縦に振った。

小林先生は定年退職後の再任用で働いている先生で、のんびりとした雰囲気も穏やかな笑顔も、先生というよりおじいさんという感じだ。

先週、腰を痛めてしまったとかで休んでいたし、今日の授業でもときどき腰をさすりながら教卓前のパイプ椅子に座っていた。きっとまだ完全には治っていないのだろう。

だから、クラス全員分の分厚い副教材を運ぶのは大変だろうと思って、わたしはいちばん前の席で話しかけやすかったし、授業の終わり際に「運びましょうか」と声をかけた。先生が「頼んでいいかい、助かるよ」と答えてくれたので、手伝うことにした。

それだけ。だれでも普通にやるようなことをしただけ。

なのに、またしても麗那に目をつけられてしまった。

というより、彼女は常にわたしの一挙手一投足を注視していて、わたしのどんな些細な行動も即座に悪くとらえて話のネタにすることができる。そういう特殊能力の持ち主だとしか思えない。

麗那の陰口の標的にならないためには、たぶん、授業中も休み時間も目立たないようにただじっと席に座っているしかないのかもしれない。それですら「瞑想かよ」とか言って馬鹿にされそうだけれど、きっと今よりひどくなることはないだろう。

でも、そんなことをしたら負けを認めたような気持ちになるから、絶対にやりたくない。

「あ、帰ってきた」

職員室まで実習ノートを運んで教室に戻ると、さっそく麗那の視線が突き刺さった。そして、いつも彼女にべったりくっついている美優《みゆ》との陰口大会が始まる。

「点数稼ぎ、お疲れ様ー。これで内申点ばっちりだねー」

わたしは彼女たちのほうにはちらりとも目を向けず、自分の席にすたすたと向かう。

「ていうか、あいつ、スカート短すぎじゃない?」

「たいして細くもない脚出して、調子乗ってるよね」

「男に媚《こび》売ることしか考えてないから」

そんなつもりはまったくない。ただ自分の好きなスカート丈にしているだけだ。媚びているなんて思われるくらいなら、長くしたっていい。

だけど、今さら自分を変えたら、麗那たちを喜ばせるだけだから、しない。

「ほんと男好きだよね。あたし、ああいう女いちばん嫌いだわ。ほんと無理」

「麗那はさばさばしてるもんね」

「見てるだけでいらつく。媚びるひまがあるならバスケの練習すればいいのに。せっかく念願の部長になったんだから」

「顧問に媚売ってまで手に入れた部長の座だもんね。きゃははっ!」

わたしは素知らぬ顔で次の授業の準備をする。

すぐに教科書もノートも参考書もすべて用意できてしまったので、彼女たちとは反対側の窓の外に目を向けたり、黒板やその上の壁掛け時計を見てみたりする。常に顔は上げたまま。

彼女たちの思惑どおりにうつむいたり、項垂《うなだ》れたりは、絶対にしてやらない。あんたたちになんて言われようが、わたしはまったく気にならない。どうってことない。言うだけ無駄だよ。そう態度に出してやる。

「あいつ聞こえないふりしてるよ」

「必死だね」

「なんかかわいそー」

くすくす、ひそひそ、にやにや。

わたしは顎《あご》を上げたままノートを開き、ペンケースを開けて蛍光ペンを取り出して、前回の板書の一部に、適当にマーカーを引いた。

なにが大事で、なにが大事じゃないのかも、考えられないままに。

＊

麗那とは、もとからこんな関係だったわけではない。

ほんの二ヶ月前、夏休み半《なか》ばまでは、普通に仲がよかった。むしろ普通よりも仲がいいと言えるくらい仲良しだったかもしれない。

同じバスケ部で、一年のときも二年になってからも同じクラスだった。だから学校にいるほとんどの時間を一緒に行動していた。土日の練習のあとは帰り道にあるファストフード店やファミレスに立ち寄って、長いときは何時間もおしゃべりをしたりもしていた。

でも今は、彼女は同じ中学出身の美優と梨乃《りの》を取り巻きのように従えて、一日中わたしの悪口ばかり言っている。

こんなふうになってしまったのは、わたしがバスケ部の部長になってからだ。

一年生のとき、同学年のバスケ部員は六人だった。麗那は見た目も性格も華やかで、初対面でもだれとでも気さくに話し、人を惹《ひ》きつけるタイプだ。入部してすぐに彼女は一年生の中心になった。

三年生の先輩たちが夏の大会を最後に引退して、新しく部長になった二年生の先輩から『一年リーダーを決めておいて』と言われたときも、当たり前のように麗那になった。わたしも異論はなかった。彼女は一年生の中でいちばんバスケが上手くてレギュラーに入っていたし、先輩たちとも仲がよかったからだ。

二年に上がっても、引き続き彼女が同学年メンバーの中心だった。

でも、ひとつ上の先輩たちの引退試合が終わったあとのミーティングで新部長に指名されたのは、なぜかわたしだった。

『三年生と顧問で話し合った結果、次の部長は瑠璃ちゃんにやってもらうことになりました』

前部長がわたしの名前を呼んだ瞬間、それまでにこにこしていた麗那は、驚いたように目を見開いてわたしを見た。その目はすぐに憎悪に染まった。

自分が部長になるなんて話はすこしも聞いていなかったので、わたしは驚きのあまり頭が真っ白になっていて、ずっとぼんやりしていた。

ミーティングが終わったあと、顧問と前部長から呼ばれ、わたしは部長として引き継ぎの説明を受けた。

『なんでわたしなんですか？　麗那の間違いじゃないんですか？』

思わずたずねると、顧問の谷村《たにむら》先生はこう答えた。

『城山《しろやま》はたしかに上手いけど、ちょっとひとりよがりなプレーをするところがあるから、部長には不向きだと考えた』

『瑠璃ちゃんはいつもまわりをよく見て、自分のためじゃなくてチームのためにプレーしてる。だから瑠璃ちゃんに任せることにしたんだよ』

前部長も微笑んでそう言ってくれた。

谷村先生からは、『いいチームになると思う。期待してるよ、香月』とも言われた。そんなふうに思ってもらえていたのかと、なんだかくすぐったい気持ちになった。

先生たちとの話が終わったあと、更衣室に向かっている途中、体育館横の物陰で泣いている麗那と、慰める美優と梨乃を見かけた。

わたしはどんな言葉をかけるべきか分からず、自分でもまだ部長に選ばれたことに困惑していたから、また明日話そうと考えて、なにも言わずに通りすぎた。

今思えば、それがよくなかったのかもしれない。きっとあのときに、『わたしに部長なんて務まるわけない、麗那代わって』と言えばよかったのだ。

でも、あのときはそんなふうに思えなかった。一年のときからずっと自主練をがんばってきて、部長に選ばれたのはその努力が報われたような気がして嬉しかったというのも、正直ある。だから、やってみようと思ったのだ。

麗那という女の子が、いつもみんなの中心にいないと気が済まないタイプだというのは、分かっていたはずなのに。

翌日から彼女は、まるで人が変わったようにわたしに冷たく当たりはじめた。それまでは毎朝会ったらすぐに「おはよ！」と笑顔で声をかけてきたのに、教室に入って彼女と目が合ってもすぐに逸らされた。気づかなかったのかなと思って「おはよう」とわたしから挨拶をしてみたけれど、無視された。

その瞬間、あ、これはやばいなと思った。麗那の怒りを買ってしまったことにやっと気がついたのだ。

彼女は直接的には一切わたしに話しかけてくることはなく、でもずっと遠巻きにわたしを見ていて、ひそひそとなにか話をしていた。わたしに対する陰口だとは思いたくなかったけれど、だんだん声の音量が大きくなって、内容が聞こえてきたとき、やっぱり自分が悪く言われているのだと認めざるを得なかった。

『あいつ、いっつも率先して片付けやったり、先輩たちの荷物運んだり、谷村先生の手伝いしたりとかしてたけどさ、あれって部長に指名してもらうために点数稼ぎしてたんだね。あざとすぎ』

そんな、わたしにとっては心当たりも根拠もない妄想を、もっともらしい顔で話していた。心底びっくりした。

麗那の変わりように、美優と梨乃もはじめは戸惑っていた。もともとあまり熱心に参加していなかった残りのふたりの二年生は、空気が悪くなったからか、フェイドアウトするようにやめていった。

でも、美優たちは結局すぐに麗那に従った。彼女たちはバスケが好きだからというより、中学校のときから仲良しの麗那と一緒にいるためにバスケ部に入っていたようなものだったから、当然といえば当然だった。

それでも、わたしだって一年と数カ月かけて彼女たちと同じ部活で信頼関係を築いてきたはずなのに、それなりに仲良くしていたはずなのに、あっさりと離れていった。麗那に勝てるわけがなかったのだ。

麗那はバスケ部だけでなくクラスでも中心的な存在だった。彼女はクラスの女子たちに、わたしの噂をあることないこと言いふらしたらしく、女子はだれもわたしに話しかけてこなくなった。わたしが声をかけると、みんな気まずそうに麗那のほうを見て、すっと目を逸らした。

それでも男子にまではその波は及ばなかったようで、これまでどおりに話しかけられたので、結果的にわたしは男子とだけ話すことになった。もともと子どものころは女の子より男の子と走り回って遊ぶことが多かったので、男子と話すのは気楽だった。

それもいけなかった。今度は麗那たちから『男好き』と言われるようになった。いつの間にか、わたしが部長になったのは『顧問の谷村先生に媚を売ったから』ということになっていた。

そして、今に至る。

部活中もわたしは無視されつづけている。もちろん、ばれたら叱られるという考えからか、先生がいる間は表立って無視してくるようなことはないけれど、最低限の声かけをするときも決して目を合わさない。先生が席を外しているときは徹底的に空気扱いか、離れたところで陰口。だからわたしは基礎練中はずっとひとりで、ゲーム中もパスは回ってこない。

今はもう諦めて、ずっとひとりで隅っこにいて、ドリブル練習や走り込み、壁を相手にパス練習をしている。ゴールを使うと陰口が飛んでくるので、シュート練習はみんなが来る前か帰ったあとの自主練のときにしかできない。

これまでにも、友達とけんかをしたことはあった。気まずくなって数日間口をきかないことだってあった。でも、腹を割って話して謝ったら、いつもちゃんと仲直りできた。

きっと今回もそうだろうと思っていた。だから、麗那が豹変してから一週間ほど経ったとき、とうとう痺れを切らしたわたしは、美優たちを連れて部活に向かう彼女の前に立ちはだかって、こう言った。

『ねえ、いつまでこんな無駄なこと続けるの？』

そのときは怒りや悲しみよりも、呆れがまさっていた。

先輩たちが引退して、これから残った一、二年のメンバーで新しいチームを作っていかなきゃいけないのに、いつまでこんな仲違《なかたが》いを続けているつもりなのか。一年生だって二年の揉め事を察知して困惑している。せっかくバスケ部に入ってくれたのにそんな思いをさせるなんて申しわけないじゃないか。麗那さえ機嫌を直してくれたら、なにもかも元どおりになるのに。またみんなで楽しくバスケができるのに。いつまでそんなふうにいじけて意地を張っているつもりなの。

そういう呆れの感情で、声をかけた。

『いい加減にしてよ。もうすぐ練習試合あるじゃん。このままじゃ絶対ぼろ負けだよ。いつまでも子どもみたいなことしてないで、早く機嫌直してよ』

『は?』

ぞっとするほど冷たい視線が、わたしの胸のまんなかを射貫いた。

『……うっざ』

彼女の口から洩れたのは、聞いたこともないくらい低く鋭い声だった。

『あんたのそういうとこが、ほんっとに無理』

そういうとこ?　そういうとこって、どういうとこ?

わけが分からず唖然とするわたしを、麗那は思い切り突き飛ばし、足早に立ち去った。すれ違いざま、美優と梨乃の軽蔑するような視線が追い打ちをかけた。

それ以降、彼女のいやがらせは加速した。教室ではわざと足を引っ掛けられ、部活ではわざとボールを投げつけられた。

ああ、分かり合えない人種っているんだ。いくら腹を割って話しても仲直りができない相手もいるんだ。そのときわたしは生まれてはじめて知った。

そして、悪いのはどうやら部長に選ばれなかったことで拗ねている彼女だけではなく、わたしの性格にもなにか問題があるらしい、わたしには無意識のうちに相手を怒らせてしまうところがあるらしい、ということも。

楽しかったクラスも、大好きだった部活も、まるで針のむしろの上に立たされているように苦痛になった。

でも、部活をやめるのだけはいやだった。絶対にやめたくなかった。

バスケは好きだし、なにより、ここでやめたら麗那の思うつぼだ。

負けたくない。

わたしは子どものころから親も手を焼くほどの負けず嫌いだった。

わたしは強い。わたしは間違ってなんかいない。

だからわたしは部活をやめないし、学校も休まない。

絶対に、負けない。

＊

三時間目の化学の授業が終わり、理科室からクラスへと戻る途中の渡り廊下で、前方に麗那たちの姿を見つけた。

途端に足が重くなり、自然と歩みが遅くなってしまう。

わたしは教科書とノートとペンケースをぎゅっと胸に抱いた。

彼女たちに気づかれないよう充分な距離をとり、うつむいたまま歩く。窓から射し込む光がつくった自分の影を、ぎゅっぎゅっと踏みしめる。

「こんにちはー！」

突然、元気のいい挨拶が廊下に響いた。聞き慣れた声に思わず目を上げると、バスケ部の一年生ふたり、かおりちゃんと真歩《まほ》ちゃんが麗那たちに気づいて廊下の端に立ち止まり、頭を下げているところだった。

「麗那さん、美優さん、こんにちは！」

「やっほー！　元気ー？」

麗那は機嫌がいいらしく、にこにこと両手を振りながら彼女たちの前を通りすぎた。美優も同じように笑顔で手を振った。

そのあと当然、わたしもかおりちゃんたちとすれ違うことになる。できれば気づかれたくなくて、わたしはうつむきがちにやり過ごそうとした。

でも、たいして広くもない渡り廊下でそんなことができるはずもなく、まず真歩ちゃんがわたしに気づき、顔をこちらへ向けた。すぐにかおりちゃんも気づいたようで、「あ」とかすかな声を上げる。

反射的に挨拶をしてくれようとしたのだろうか、口を開きかけたところで、ふたりはほぼ同時にはっと振り返った。ほんの数メートル先を歩いている麗那たちのうしろ姿を確認すると、またこちらへ視線を戻し、でもわたしと目を合わせることはなく気まずそうにすっと顔を背けた。すれ違いざま、「……すいません」とささやきかけてくる声が聞こえた。

そんなふうに気をつかわせてしまっていることが申しわけなくて、わたしはできるかぎりやわらかい声を意識しながら、「大丈夫、大丈夫。気にしないで」と小さく返す。

いつものことだ。彼女たちの気持ちはよく分かる。

下手なことをして、バスケ部の女王様である麗那の機嫌を損ねたら、部にいられなくなってしまう。

どんなに仲間外れにされようとわたしは彼女と同学年だし、意地でやめずにいるけれど、一年生からしたら部の中心の先輩に目をつけられたらやめるしかないと考えてしまうだろう。

部活の練習中も、一年生たちは常に麗那の顔色をうかがって、なにか指示を仰ぐときも部長のわたしではなく副部長の彼女に声をかける。そうしないと麗那が不機嫌になり、部内の雰囲気が悪くなると分かっているからだ。

だからわたしも、一年生への指導や指示はすべて彼女にしてもらうことにしていた。大好きなバスケをしているときくらい、不穏な空気になるのは避けたい。

ただ、麗那はもともと運動神経がよく技術的には上手いもののあまり練習熱心なほうではないから、すぐにおしゃべりをしたり必要以上に休憩したり、どうしても部活全体がだらけた感じになってしまうのが、わたしとしてはつらかった。

もうすぐ秋の大会がある。三年生が引退して新しいメンバーになってからはじめての試合で、大事な試合なのに、このままでは悲惨な結果になるのは目に見えていた。

でも、どうすればこの現状を変えられるのか、わたしにはさっぱり分からない。

＊

その日の昼休みは、顧問の谷村先生に呼び出されていた。

きっと秋大会に向けての練習メニューについて話があるのだろうと思いつつ、四時間目の授業が終わってすぐ、お昼を食べる前に職員室に行くと、

「ちょっと言いにくいんだが……」

いつもずけずけと物を言う谷村先生にしては珍しく、すこし困ったような顔で口を開いた。

「なんの話か、分かるよな？」

「え……っと」

どうやら練習メニューの話ではないらしいと気づいたわたしは、咄嗟に考えを巡らせて、もしかして麗那のことか、と思った。

もしかしたら先生はわたしが麗那たちと揉めていることに気づいていて、助けてくれるつもりなのかもしれない。こんな事態になっていることを知られたのは情けなくて恥ずかしいけれど、正直、わたしの力ではどうしようもないところまで状況は悪化しているから、助けてくれるのならありがたい。

でも、違うかもしれない。もしもわたしの勘違いだったら、ここでこちらから麗那の名前を出すことで、自分の失敗を暴露して墓穴を掘ってしまうことになる。せっかく部長に選んでもらったのに、うまくこなせていないことを知られて失望されたくはなかった。

迷いを隠しながら言葉を探していると、先生が溜め息をついて言った。

「最近の練習、ずっと……なんというか、ゆるんでるよな」

あ、なんだ、そういうことか。

先生の言わんとしていることを悟った瞬間、膨らんだ期待の気持ちの風船が、一気に萎んでいく。代わりにほかの気持ちの風船が急速に膨張する。

「すみません」

わたしはすぐに深く頭を下げた。こういうときは下手に言いわけをするより、素直に謝るほうがいい。

「まあ、三年の引退試合のあとは、多少気が抜けても仕方がないと思って黙って見てたんだが、夏休み明けてもゆるんだままというか、むしろどんどんたるんできてるじゃないか」

「はい……そうですよね、すみません」

麗那たちは、少なくとも先生の見ている前では以前と同じように振る舞っていたと思うけれど、やっぱり先生には気づかれてしまったようだ。

「香月だって香月なりにがんばってくれてるのは分かってるんだが、さすがにもう、なあ。そろそろ活を入れなきゃと思ってな」

「はい……」

殊勝にうなずきながらも、わたしはうつむいて唇を噛む。

分かってるって、なに。先生はなにを分かってるつもりなんですか。なんにも分かってないじゃないですか。わたしなりにがんばってるって？　わたしは今、がんばらせてすらもらえない状況なんですけど、分かってないじゃないですか。

そんな不満をなんとか飲み込んだ。

「後輩の指導も麗那に任せっきりになってるじゃないか」

麗那に任せっきり。そんなふうに思われていたのか。

ぎりぎりと歯を立ててかすかに血の味がする唇の隙間から、必死に声を絞り出した。

「……すみません」

だって、わたしが一年生になにか話しかけようとすると、あの子の機嫌が悪くなるから。あの子はいつだって自分が中心で、自分がいちばん上じゃないと我慢できない人だから。すこしでも穏便に、まともに部活を続けるには、わたしがうしろに下がるしかないから。わたしだってもっとちゃんとやりたいけど、そうするしかないから。

そんな言いわけを言っても、どうせ先生には分かってもらえないだろう。

きっと、こういう女子同士特有のどろどろは、男の先生には分からない。もし顧問が女の先生だったら相談してみようかなと思えたかもしれないけれど、谷村先生に話したところで、「悩んでたってなにも変わらないぞ、腹を割って話してみろ」などと言われるのは目に見えている。それができないから困っているのだと、きっと分かってもらえない。

中学のときの担任を思い出す。若い男の先生で、話しやすくて人気があったけれど、クラスの女子の一部で揉め事が起こって相談されたときに、『女子のごたごたは面倒だな、女子は大変だな』と他人事のように笑い飛ばした。相談した女子たちは陰で『あいつ最低、デリカシーなさすぎ』と言いふらし、先生は一瞬にして女子の敵になった。

あのときわたしは、どうしてあの先生がそこまで嫌われたのかよく分からなかったけれど、今ではよく分かる。もしもだれかに麗那とのことを真剣に相談して、『これだから女子は……』というふうに軽く笑い飛ばされたりしたら。こんなに悩んで苦しんでいるのに、くだらない、つまらない些細なことのような、よくあることだというような反応を返されたりしたら。きっと立ち直れないくらい落ち込むし、腹が立つだろう。

「まったく、みんなどうしちゃったんだよ」

はあ、と谷村先生が大きく息を吐いた。

「いいチームになると思ってたのになあ……。たしかに癖のあるメンバーもいるが、香月なら部員をまとめられると思って任せたんだが、ちょっと荷が重かったか？　なんてな」

先生は冗談めかして言ったけれど、本心なのだろうと思う。わたしに失望しているのだ。

わたしだって、こんなにうまくいかないなんて思ってもみなかった。分かっていたら、部長なんて断っていた。

「でもまあ、最初からうまくいくチームなんてないけどな」

先生が腕組みをして、したり顔でそう言った。

「いいチームっていうのはな、最初からいいチームなわけじゃないんだよ。育てるものなんだ。『みんなでいいチームに育てる』んだよ」

「はい……」

みんなで育てる。それは、一緒にいいチームにしようと思ってくれている部員がいるという前提があってこそじゃないか。メンバーがわたしと一緒にチームを育てようとすら思ってくれていないなら、わたしにはもうどうしようもないじゃないか。

「ここを乗り越えれば、絶対いいチームになるから。ここが踏んばりどころだ。なっ、がんばろう、香月」

わたしはまだ目を上げられないまま、「はい」と小さくうなずいた。

先生がにっこりと笑い、わたしの肩をぱんと叩く。

「頼んだぞ。こればっかりは先生が口出しするよりも、自分たちで考えて変わるほうが絶対いいから。大丈夫、お前ならできるよ」

「………」

わたしならできる？　なんの確証があってそんなことを言えるのだろう。

「お前がどんどん引っ張って盛り上げて、なんとかチームをいい方向に持っていってくれよ」

「……はい。ご指導ありがとうございました。失礼します」

わたしが弱々しくそう答えるしかない理由を、先生はどう考えているのだろう。きっと真相とはぜんぜん違うことを考えているんだろうな、と思う。

なんにも分かっていないくせに。そんなふうに心の中で吐き捨ててしまう自分が、とても幼稚でみっともないと自覚して、いやけが差した。

*

教室に戻り、ドアに手をかけたとき、中から「ねえねえ」とだれかに話しかける麗那の声が聞こえてきた。

胸がひやりと冷たくなる。彼女の席は、ドアのすぐ近くだ。

「あいつ、いなくない？」

あいつ。もちろんわたしのことだとわたしには分かる。そしてクラスのみんなもすぐ分かるのだろう、騒がしい教室が、彼女の席のあたりだけにすこししずかになるのが分かった。

「なんか谷村に呼び出されてたよ」

「あ、そうなんだ。また媚売りに行ってるのかな？」

「絶対そうだね」

「でもまあ、視界に入るとごはんまずくなるからちょうどいいわ」

麗那がおかしそうな声で言うと、美優が機嫌をとるように笑いながら応えた。

「このまま永遠に帰ってこなければいいのにね」

「きゃはは、ひっどーい、かわいそー」

思ってもいない『カワイソー』の、浅い響きが耳に突き刺さる。

お腹の奥のほうがぎゅうっと捻《ねじ》れるような苦しさに襲われる。

『永遠に帰ってこなければいい』

その言葉が耳にこだまして、頭の中をぐるぐると回っている。

心の中では、なんで、どうして、という声にならない叫びが渦巻いている。

どうして？　どうしてそんなことを言われないといけないの？

わたしがなにをしたっていうの？　わたしが悪いの？　むしろわたしは被害者じゃないの？

今だって、麗那たちのせいで顧問に呼び出されて叱られたようなものなのに、なんでわたしがこんなひどいことを言われなきゃいけないの。

黙って考え込んでいたわたしは、ドアの前で不自然に立ちすくんでしまっていることに気づき、意を決してがらりとドアを開けた。

瞬間、視線が全身に突き刺さる。麗那と美優、そして彼女たちとお弁当を食べるために昼休みは毎日うちのクラスにやってくる梨乃。

「あっ、帰ってきた！」

「やば！　きゃはは！」

三人が顔を見合わせて、ちらちらとこちらを見ながら笑っている。

それはそれは楽しそうな笑い声だった。

わたしはすべてを無視してすたすたと彼女たちの背後を通り過ぎ、自分の席に戻る。

椅子に腰かけ、リュックからお弁当の包みを取り出した。

麗那たちはまだけらけらと笑っている。どうせわたしの話をしているのだと、見なくても聞かなくても分かる。

本当に、楽しそうだ。最高におもしろいバラエティ番組をみんなで観ているみたいな笑い声。

よってたかって一方的に人を痛めつけるのって、そんなに楽しいんだろうか。

わたしには分からないし、分かりたくもない。

今まで仲良くしていたはずの麗那たちが、ひどく遠くに感じる。むしろどうして仲良くできていたのか、心底不思議だ。

谷村先生から言われた言葉が甦《よみがえ》ってきて、わたしは絶望的な気持ちになった。あんな人たちと一緒にバスケをやるなんて、『いいチームに育てる』なんて、無理だ。

でも、バスケはやめたくない。あんな人たちのせいで、自分の好きなものを、やりたいことを、諦めたくない。わたしはそんなに弱くない、はずだ。

でも、続けるためには、諦めないためには、どうすればいいのか。分からない。

どうしよう、どうすればいい？

無意識のうちに視線を落とし、膝の上に置いたお弁当をじっと見つめる。

麗那と揉める前までは、わたしも毎日彼女たちと一緒に四人でお弁当を食べていた。でも夏休みが明けてからはずっと、いつも教室の隅っこでひとりでお弁当を広げている。三人の視線と陰口を感じながら。

楽しみだった昼休みが、いちばん苦痛な時間になった。部活のときは部員しかいない閉じた空間なので、仲間外れにされていても、腹が立ったり虚しかったりするだけだ。でも、クラスという開かれた場所でひとりきりで過ごすというのは思った以上に居心地が悪く、周囲の目が気になって仕方がなかった。

きっとクラスのみんなから憐《あわ》れまれているのだろう、あるいは蔑《さげす》まれているのだろうと思うと、教室にいるのが本当に苦痛だった。可哀想だと思われたり馬鹿にされたりするのが、いちばん堪《こた》える。

ほかの場所で食べようかという気持ちが何度も湧いたけれど、逃げたと思われたくなくて、意地で教室に残っていた。ひとりでお弁当を食べることなんてべつにどうってことない、わたしはひとりでもぜんぜん平気な人間だもの、という顔をして黙々と食べた。

でも、今日は、耐えられそうになかった。

どす黒い感情がごちゃごちゃと胸を埋め尽くしていて、息苦しい。

わたしはお弁当の包みを持って立ち上がり、なにか言われる前に、いやな声が耳に届く前に、教室を飛び出した。

「きゃははは！　あいつ逃げたよ！」

でも声は廊下まで追いかけてきて、わたしの背中に深々と突き刺さった。

＊

教室でお昼を食べない人たちはけっこういるけれど、みんな一体どこへ行っているのだろう。

梨乃と同じように、ほかのクラスの教室に行っているのだろうか。でもわたしにはー緒にお弁当を食べるような仲の人はほかのクラスにはいない――というか、部活が大好きで部活のために学校に来ていたようなものだったわたしの交友関係は、当たり前のように麗那たちだけだった。

だから、そこが崩れると、わたしは途端に、だれともつながっていない宙ぶらりんの存在になった。

教室以外となると、中庭あたりだろうか。廊下の窓から中庭を見下ろしてみると、人がうじゃうじゃいて、みんな友達と楽しそうに笑い合っていて、ひとりきりの人なんてどこにもいなくて、わたしはあそこには行けないなと思った。あの中に入っていく勇気はない。

じゃあ、漫画や映画でよく見る屋上とか。でも屋上は安全対策として立ち入り禁止だった。

いちおう覗いてみたけれど、やっぱりロープが張られていて、鍵もしっかりかかかっていた。

わたしは廊下の片隅に立ち尽くして、目の前を行き交う同じ制服の人々をぼんやりと眺める。

どこに行けばいいか分からないし、どこにも居場所がない。どこかへ行きたいけれど、どこにも行けない。

ただただ、ここにいるのがいやで、苦痛で、離れたい一心で、足を踏み出す。

とにかく人のいないほうへ、いないほうへと足が動いた。


そうやって無意識に辿り着いた先が、旧校舎だった。

旧校舎は、学校の敷地のいちばん奥、体育館の裏手にある建物だ。数年前までは各クラスの教室があったらしいけれど、少子化の影響で生徒数が減り、学級数も減った関係で校舎が縮小され、ほとんど使われることがなくなったそうだ。

文化祭や講演会などで年に数回使われるかどうか、という状態なので、普段は生徒が出入りすることはない。

だれもいないところへ行きたいわたしにとっては、うってつけの場所だった。

それまでは無心に動かしていた足をゆるめて、ひとけのない廊下をゆっくりと進む。

一階はどの部屋も物置のようになっていて、古い教材や備品が雑多に詰め込まれた段ボール箱や、汚れて錆の目立つ清掃用具ロッカー、廃棄処分と書かれた机や椅子など、大量の物品が室内ではおさまりきらず廊下にまで溢れ返っていた。とても落ち着けるような雰囲気ではない。

階段に足を向け、二階へとのぼる。『第三講義室』というプレートのかかった、教室ふたつ分ほどの大きな部屋があった。第一講義室と第二講義室は新校舎の最上階にあり、学年集会や行事に使われたりしているけれど、第三まであるのは知らなかった。

覗いてみると、中には、申しわけ程度の机と椅子がぱらぱらと置かれている。おそらく今は使われていないものの片付けられることもなく、そのまま放置されているのだろう。

でも、一階のように不要品が詰め込まれていたりはしないし、だれもいない教室のしずかな雰囲気が、今のわたしにはとても心惹かれるものがあった。

きっと鍵がかかっていて入れないんだろうな、と予想しつつも、一縷《いちる》の望みをかけて、ドアに手をかける。

すこし力を入れるとドアは難なく動き、軋《きし》んだ音を立ててゆっくりと開いた。

「失礼しまーす……」

思わずそう言いながら、そろりと足を踏み入れる。もちろん中にはだれもいないと分かっているけれど、自分のクラスでもなく、授業で使うわけでもない部屋に入るというのは、なんだか妙な緊張感と罪悪感があった。

ドアを閉めてしまうと、外の音はまったく聞こえなくなった。昼休みを楽しむ人たちの声も、麗那たちの嘲笑も聞こえない。

常にわたしを取り巻いていた世界が、遠ざかり、消えていく。

目についた窓際のいちばん前の椅子に腰かけた。

深く息を吸い込み、ゆっくりと吐き出す。呼吸がしやすい。

だれもいない。なにも聞こえない。完全に外界から遮断され、隔絶された場所。

こんな場所があったんだ。学校の中に、本当の意味でひとりになれる場所があったんだ。

本当のひとりは、とても心地がよかった。

みんなの中にひとりでいるのは孤独だけれど、本当のひとりは孤独ではないのだと知る。

深く座り直し、大きな伸びをする。深呼吸をする。こんなにゆっくりと息ができたのはいつぶりだろう。ものすごい解放感だった。

部屋の中を眺めてみる。大きさのわりに物が少ないので、妙にがらんとして、だだっ広く感じた。

だれにも使われない机や椅子たちが、だれにも整頓されることなく、それぞれちぐはぐな方向を向いて、ただしずかにじっとうずくまっている。

前とうしろに大きな黒板があり、でもどちらもなにも書かれていない。下辺の受け皿に、使いかけの短いチョーク数本と、真っ白に汚れた黒板消しが、忘れ去られたように転がっている。

黒板の真ん中あたりになにかの文字や線の消されたような跡がうっすら残っていた。おそらくもう何年も前に書かれたもので、消せなくなっているのだろう。

べったりとこびりついて、どんなに強く拭っても、拭っても拭っても消えない汚れ。

染みついた汚れは、完全には消せない。一度汚れてしまったものは、もう二度と元には戻らない。

わたしは視線を窓の外へ向けた。外にはなにもなかった。ただ薄っぺらい青色の空が広がっているだけ。

旧校舎の裏は学校の西側の端に当たり、敷地を囲うフェンスの向こうはたしか空き地になっているはずだ。学校はちょっとした高台にあるので、二階にいると周囲の建物は見えなくなる。

手を伸ばし、すこしだけ窓を開けてみる。ふわりと風が吹き込んできて、わたしの髪をかすかに揺らし、頬をそっと撫でた。

そよ風に吹かれながら、机に頬杖をついてしばらくぼんやりと空を眺め、それから持ってきたお弁当を取り出した。蓋を開け、手を合わせ、「いただきます」と小さくつぶやく。

教室でひとりで食べるときは、味を感じない。というか、味を気にする余裕がない。機械的に手を動かし口を動かし、とにかく一刻も早く全部胃の中に詰め込んで弁当箱を空っぽにすることしか考えられない。

でも、今は、ひとつひとつの食べ物を味わうことができて、ちゃんと『食事をしている』という感じがする。

そして、ちゃんと食事をすると、身体だけじゃなく心にも栄養が行き渡る感じがする。

――うん、がんばれる。

ごはんを噛みしめながら窓の外の青空を見つめ、そう思う。

わたしはまだ、がんばれる。もっともっと、がんばれる。

がんばろう。がんばらなきゃ。

がんばれ、がんばれ、わたし。

2章 幽霊

＊

翌日からわたしは、昼休みになると旧校舎の第三講義室に行くようになった。麗那たちになにか言われてからだと、逃げたと思われてしまいそうなので、言われる前に――四時間目の終わりを告げるチャイムが鳴ると同時に、お弁当を持って教室を出る。

昼休みが始まったばかりなので、まだ教室内にいる生徒が多く、廊下も階段も渡り廊下もあまり人がいない。うつむいたままお弁当の包みを胸に抱え、急ぎ足で旧校舎のほうへ向かう。

第三講義室に通うようになって、もう一週間が経っていた。中に入って、その埃っぽい空気を吸った途端、ほうっと全身の力が抜ける。それではじめて、教室にいるとき自分がいかに緊張して身体が強《こわ》ばっていたのか分かる。

ひとりきりの広い部屋。耳が痛くなるほどの静寂。窓から射し込む真昼の光。落ち着く。ここはいい。すごくいい。

ここが学校だということを忘れられる。麗那たちがすぐ隣の建物にいることも忘れられる。

昼休みの四十五分間だけは、なにもかも忘れて、頭を空っぽにして過ごせる。

心置きなくゆっくりと昼食をとり、丁寧に片付けを終えて、ぼんやり外を眺めていたら、いつの間にかすこしうとうとしていたらしい。

突然、がらがらとドアの開く音がして、そんなに大きな音でもなかったのに、半分夢の世界にいたわたしは文字どおり飛び上がりそうなくらい驚いた。

そのままの勢いで、ばっと振り向く。

心臓が冗談みたいにばくんばくんと跳ねている。

「…………」

教室のうしろのドアが開いていて、その向こうに、ひとりの男子生徒がいた。

地の底でも見つめているかのように、深く深くうつむいている。そのせいで、ただでさえ長い前髪が遮光カーテンのようにだらりと垂れていて、顔はまったく見えない。幽霊みたい、と反射的に思った。

だれだろう。ブレザーにつけられたバッジの色から、同じ二年生だということだけは分かる。

彼はこちらには目もくれず、まるでわたしの存在になんて気づいていないように、下を向いたまま第三講義室の中に足を踏み入れた。

わたしは驚きのあまり硬直しながら、目線だけで彼の動向をうかがう。

彼は後方の黒板の前をゆらゆらと歩いて、窓際の列に向かったものの、なぜかびくりと身を震わせて足を止め、二歩下がった。そして窓から二列目のいちばんうしろの席の、うしろ向きになっている椅子にそっと腰かけた。

わたしは窓際のいちばん前の席に前向きに座っているので、ちょうど背中合わせのような形だ。

うつむきがちに肩を縮めて座る猫背のうしろ姿を、わたしは呆然と見つめた。

なぜだかわたしは、ここにはだれも来ないと思い込んでいた。でも学校の中にあって、立ち入り禁止になっているわけでも、施錠されているわけでもないのだから、いつだれが来てもおかしくないのだ。

分かっているのに、自分だけの秘密基地が、見知らぬ人に侵入され、踏みにじられたような気持ちになってしまう。

なにをするでもなくただ背中を丸めて座っている彼を見ていると、だんだん苛々してきた。

用がないなら、こんなところ来なければいいのに。わたしという先客がいるんだから、入らなければいいのに。

どうしてわたしの場所にずかずか入ってきたの？

勝手にそんなことを考えてしまう自分の頭に、失望し、絶望した。髪の束を根もとからぐっと掴んで、苛立ちに任せて強く引っ張る。

どうしてこんなふうに考えてしまうんだろう。わたしはこんな自分本位でいやな考え方をする人間だっただろうか。

そのとき、麗那からぶつけられた言葉が鼓膜の奥に甦った。

――あんたのそういうとこが、ほんっとに無理。

自嘲的な笑みが唇に滲む。

いや、ずっと昔から、本当は、そうだったのかも。わたしはいやな子だったのかも。

わたしは正しい人間だと思っていたけれど、それは思い込みで、思い上がりで、実はたくさんたくさん間違いを犯してきたのかも。

いやな子で、嫌われていて、ただそれに気づいていなかっただけなのかも。

なんて馬鹿なんだろう。

わたしは彼から視線を外し、前に向き直って、机に突っ伏した。


昼休み終わりの予鈴が鳴るまでそのままでいて、チャイムと同時にわたしは第三講義室を出た。

ドアが閉まる直前、ちらりと振り向いて中を覗いてみたら、彼はまだうしろ向きのまま、微動だにせず座っていた。

もしかして、彼には本当にわたしが見えていないのかもしれない。わたしの存在を認識できないのかもしれない。

だれにも気づいてもらえない幽霊ってこういう気分なのかな、と思いながら、旧校舎の階段を踏みしめる。

*

それからというもの、お気に入りの旧校舎は、わたしの秘密の隠れ家ではなくなってしまった。

彼が、毎日やってくるからだ。

わたしがお弁当を食べ始めるころ、必ず彼も第三講義室に入ってきて、窓から二列目のうしろの席に、うしろ向きに座る。

二日目から彼は、なにか本のようなものを持ち込むようになった。

わたしはさっと昼食を済ませるとうたた寝をして、彼はひたすら本を読む。

最初から最後まで、背中合わせのまま。

言葉を交わすことはない。視線すら合わない。

同じ場所にいるのに、別の次元で生きているように。

はじめの数日は、同じ部屋の中に他人がいるのが心底いやで、本当に疎ましくて、どうにか来なくなってくれないかと思っていたけれど、しばらくすると気にならなくなった。

彼はまったくと言っていいほど存在感がなく、ひとつひとつの動きがひどく小さくゆっくりで、歩くときは忍び足だし、座ってしまえばほとんど動かない。

ページをめくるときさえゆっくりと、ひっそりと、ほとんど音を立てない。なので、その姿が視界に入っていないかぎり、いてもいなくても同じだった。まるで本当に幽霊みたいだった。

わたしはいつしか彼がいることをすっかり忘れてしまい、ときどき紙のこすれる音が聞こえてきたときやっと、そういえばいるんだった、と思い出す。

彼がどうして、なんのために、わざわざ毎日毎日、昼休みになるたびここへやってくるのかは分からない。本を読みたいなら図書室にでも行けばいいのに。

でも、彼のほうから見ればわたしも、どうして毎日こんなところでひとりでお弁当を食べているのか不思議だろう。まあ、彼がわたしの存在を気にしているかは分からないけれど。

わたしはいつまでこんなことをしているつもりなのだろう。問題から目を背けて、いやなことから逃げて、こそこそと無為に時間をつぶして。

そんなことをしていたってなにも解決しないのに。逃げる暇があったら、麗那たちのことをなんとかしないといけないのに。

部活のほうは、相変わらずだった。

谷村先生に呼び出されて、『最近たるんでる、そろそろなんとかしろ』と釘を刺されてから二週間が経つものの、状況はなにも変わっていない。

もちろん、わたしなりにがんばってはみた。でも、なにをやっても空振りだった。おしゃべりをしながらだらだらとパス練習をする麗那たちに「ちゃんとやろう」と言えば無視され、それならひとりでもちゃんとやるしかないと真面目に練習していると、冷たいくすくす笑いが背中に突き刺さる。

そのたびに、先生の言葉が脳裏をよぎった。

『なんとかチームをいい方向に持っていってくれよ』

無理だよ。心の中で何度反論したことか。

口に出して言ってしまえば楽なのに。分かっているけれど、言えない。言ったら自分の無力さを暴露することになる。

わたしは小さいころからずっと、『しっかりしてるね』と言われてきた。親戚も先生も友達も近所の人もみんな『瑠璃ちゃんはしっかり者だね』、『瑠璃ちゃんに任せておけば安心だね』と言った。わたし自身もそう思っていたし、褒められたら誇らしかった。

小中学校では当たり前のように学級委員や生徒会役員をやってきたし、いつだってうまくやれていた。中学のときの部活でも、そんなにうまいほうではなかったけれど、『瑠璃はリーダーシップがあるから、キャプテンの補佐をしてやって』と言われて副キャプテンを任され、それだってうまくやれた。先輩とも後輩とも同学年のメンバーとも仲がよくて、大きな揉めごとも起こらず、最後の大会でもみんな力を出し切れて、悔いなく笑顔で終わった。

中学の部活が本当に楽しかったから、高校の部活も楽しみだった。実際、夏休みまでの一年と数ヶ月は、ずっと楽しかったのに。

部長に選ばれたあの日を境に、すべてが変わってしまった。

これまでうまくやれてきたのは、ただまわりの人に恵まれただけだったのだろう。みんな優しくて素直で、わたしの言葉を聞いて素直に動いてくれていたから、たまたまうまくいっていただけ。わたしはそれを自分の力だと——自分にリーダーシップや人望があるから、好かれているからだと思っていたけれど、本当は違ったのだ。とんだ思い上がりだった。

本当のわたしは、人を苛立たせ心底疎まれるような性格で、いざ問題が起こったらまったく解決できない、無力な嫌われ者だった。

恥ずかしい。情けない。


「はあ……」

思いっきり溜め息をついたら、突然うしろからがたんと音がして、しまったと青ざめた。人がいることをすっかり忘れていた。

聞こえてしまっただろうか、とおそるおそる振り返る。ゆっくりと視線を滑らせる。

すると、視界の端にうつった彼が、半分だけ振り向いて、横顔でこちらを見ているのが分かった。

でも、目が合うかと思った瞬間、視線が交差する直前に、彼はものすごい勢いで顔を背けた。

「…………」

彼は動きを止め、再び人形になる。

かたい沈黙が戻ってくる。

どうやら彼は、わたしのほうを見ていたことを知られたくなかったようだ。残念ながら、ちらっとだけとはいえ、ばっちり見えてしまったけれど。

彼はわたしの存在を認識していないわけでも、わたしの姿が見えないわけでもなかったらしいと分かって、なんだかほっとした。

安堵と同時に、なにもあんなに必死に目を逸らすことないのに、とおかしくなってくる。

きっとわたしが特大の溜め息をついたから、びっくりして反射的に振り返ってしまったのだろう。これまでは決してわたしのほうを見ないようにして、わたしの存在を頭から追い払っていたのに、思わず振り向いてしまって、あやうく目が合いそうになって、きっとものすごく慌てて前に向き直った。

なんだか臆病な野生動物のようだった。人見知りなのだろうか。

もしかしたら、聖域を侵したのはわたしのほうだったのかもしれないな。ふとそんなことを思いついた。

わたしが見つけた秘密の隠れ家に、ある日突然彼が侵入してきたと思っていたけれど、実は彼のほうが先にこの場所を見つけていて、ずっと前からこの空間をひとりじめしていたのかもしれない。それがなにかの理由でたまたま数日訪れずにいたら、いつの間にかわたしがここを占領してしまっていたとか。

そうだとしたら、彼にとってはわたしのほうこそ図々しい闖入者で、異分子ということになる。

そういう可能性もあると、すこし考えれば分かったはずなのに、当たり前のように自分が被害者だと思い込んでいたことが、恥ずかしく思えてきた。

一瞬ちらりと見えた彼の横顔を思い出す。おとなしそうな男の子、という印象だった。

繊細なつくりのほっそりとした輪郭と、重たい前髪の奥から覗くおびえたように不安定な眼差し。ゆらりと揺れて、すぐに向こうを向いてしまった。

もっと見たかったな、と思う。彼はどんな人なのか、知りたかった。

すこし前まで、あんなに忌々しく思っていたのに、もっと見たい、知りたいだなんて、我ながら現金だ。

でも、気になるのだから仕方がない。

気配を殺すように、存在を消すように、いつも身を縮めて息をひそめている彼のことが、わたしは気になって仕方がないのだった。

＊

「――り！　瑠璃！」

甲高い声とともに毛布を剥ぎ取られ、眠りの世界から引きずり出された。

「ちょっと瑠璃！　そろそろ起きなさい、遅刻するわよ！」

やっとの思いで、のろのろと瞼を上げる。怒りと呆れが入り交じったような顔のお母さんと目が合った。起きなきゃと思うものの、身体が動かない。

「いい加減にしてよね、子どもじゃないんだから。お母さんはあなたの目覚ましじゃないのよ。高校生にもなって親に起こしてもらうなんて、まったく……」

お母さんが毛布を畳みながら、ぶつぶつと言う。

「ごめん……」

とりあえず口では謝ったものの、むっとしてしまう。まだ寝起きでぼんやりしている中で、うだうだといやみっぽい小言を聞かされて、朝から憂鬱だ。

そんな気持ちが声音や表情に出てしまったのか、お母さんが思いきり顔をしかめた。

「何回起こしたと思ってるの。最近ずっとそんな感じじゃない。どうせ遅くまでネット見て夜更かししてるんでしょ。まったく、だらしないんだから」

「ごめんって言ってるじゃん……」

わたしははあっと息を吐いて言った。お母さんの目つきが鋭くなる。

「言葉だけじゃなくて行動で示してよね。そしたらこっちだっていやなこと言わなくてすむんだから！」

お母さんはわたしに負けじと大げさな溜め息をついて、わざとらしく足音を立てながら部屋から出て行った。

わたしは重い身体をなんとか起こして、何度も大きな息を吐きながら洗面所で顔を洗い、部屋に戻って着替え、時間割を確認しながら持ち物を準備する。

麗那たちと揉めてから、毎日ものすごく疲れて、帰宅するころには持久走のあとくらいへとへとになっている。晩ごはんを食べてお風呂に入ったら、もう瞼が重くて仕方がないほど眠たい。でも課題や予習があるから早々に寝るわけにもいかず、睡魔と戦いながら必死にやることをやろうとするものの、眠すぎて効率が悪いので無駄に時間がかかる。

かといって早起きして勉強するというのは、アラームを聞き逃して寝過ごしてしまうリスクが怖ろしくてできない。だから疲れきったまま深夜まで勉強して、毎日睡眠不足で、毎朝なかなか起きられない。

最近ずっとそんな状態なので、ちょっと前にお母さんから「どうしたの、なにかあったの」とたずねられた。

本当のことなど言えるわけもなく、「動画がおもしろくて止まらなくて」と適当にごまかしたら、毎日動画を見て夜更かしをしていると思われるようになってしまった。

毎日のように朝から小言を言われるのは面倒だし憂鬱だけれど、学校での状況を親に知られるよりはずっといい。麗那たちとのことは絶対に知られたくないから、ばれないように隠すのに必死だった。

さもすべてがうまくいっているかのように、部活や教室での架空の出来事を話すのにも慣れてしまった。

うそをつくのは大嫌いだったはずなのに。うそをつかないのが自分のいちばんの美点だと思っていたのに。

わたしはいつからこんな大うそつきになってしまったのだろう。

状況が変われば、人間は簡単に変わるのだ。

そして、変わったのものは戻らない。

一度堕ちたら、二度と這い上がることはできない。

「ごはん？　パン？」

ダイニングに入ると、お母さんがキッチンからたずねてきた。うちは毎朝その日の気分で米食かパン食かを決める。

でも今日は、全身にこびりついた疲れのせいでどうにも食欲が湧かず、パンもごはんも食べる気になれない。

「……これだけでいいや」

冷蔵庫からヨーグルトを取り出して言うと、お母さんが眉を寄せた。

「ええ？　具合でも悪いの？」

「そういうわけじゃないけど……」

寝不足だからと言うとまたいやみったらしいお説教をくらいそうなので、曖昧に濁した。

でも、スプーンをとってダイニングテーブルの前に座ったわたしに、お母さんはさらにたずねてくる。

「なあに、もしかして、ダイエットでもしてるの？」

「そんなんじゃないよ」

カップのふたを開けながらそう答えて首を横に振ったのに、お母さんは聞いていない。

「まさかネットの影響？　こないだテレビで見たわよ、すっごく痩せてるインフルなんとかの女の子の真似して無理なダイエットをする子が多いって」

お母さんは思い込みが激しいところがある。一度こうだと思い込んだら、どんなに否定されても考えを曲げないのだ。

今だって、わたしがスタイルのいいインフルエンサーに憧れて食事制限をしようとしていると、勝手に思い込んでいる。わたしも機嫌がいいときは適当に受け流せるのだけれど、今日は精神的にも体力的にも余裕がなくて、勝手な決めつけで口うるさく言われることに苛々して、我慢できなかった。

ちびちびと食べていたヨーグルトのカップをテーブルに置き、思わずお母さんの言葉を遮るように口を開く。

「だから、そんなんじゃないってば」

思いのほか鋭い口調になってしまった。

お母さんが口をつぐみ、じっとこちらを睨んでいる。

わたしははあっと息を吐いて続ける。

「……ダイエットとかのつもりじゃなくて、ただなんとなく、今日は軽く済ませたいなと思っただけ。人間なんだからそういう日もあるでしょ」

「体調不良じゃないならちゃんと食べなさいよ、倒れても知らないわよ。小学生のとき朝ごはん抜いて学校で貧血起こして倒れたの忘れたの？　お母さんに口出しされるのがいやなら、もう高校生なんだから、自分の体調くらいちゃんと自分で管理しなさいよね」

「……分かってるってば」

「思春期にちゃんと栄養とらないと、大人になってから妊娠しにくくなったり、骨粗鬆症《こつそしょうしょう》になったり、いろいろ大変なのよ。それにね——」

「分かったって。もういいよ、うるさいなあ！」

わたしはそう叫ぶと、残りのヨーグルトを一気に口の中にかき込んで、黙って家を飛び出した。

＊

学校に向かう道中も苛立ちがおさまらず、ずっと無駄に早歩きをしていた。

これだから朝からお母さんとけんかするのはいやなのだ。だから揉めないようにしていたのに、今日は本当に苛々して、無理だった。

さらに言うと、帰ってからのことも憂鬱だった。きっとまたお母さんにあれこれ言われるに違いない。お母さんの怒りは、時間をおけば薄れるなんてことはない。わたしが折れて謝るまで、小言が続くのだ。

でも、わたしは悪くないはずだ。謝りたくない。

それとも庇護者であるわたしは、朝ごはんを好きにすることすら許されないのか。お母さんが言うとおりのものを食べないといけないのか。どんなに見当外れのお説教をされても、文句も言わずはいはいとうなずいて、ごめんなさいと謝らないといけないのか。

苛立ちに染まった頭で、そんなことをずっとぐるぐる考えていたからだろうか。

「——じゃあ、香月さん。資料集の三十八ページ、右下にあるコラムを読んでください。……香月さん？」

「……えっ？」

一時間目の授業が始まってすぐ指名されたとき、完全に魂が抜けていたわたしは一瞬遅れて反応し、慌てて立ち上がった。

「あっ、はい！　……あっ」

資料集を求めて机の上を彷徨《さまよ》わせた手が、ぴたりと動きを止める。やってしまった、と青ざめる。

世界史の資料集は置き勉をしてもいいことになっているので、わたしも試験前以外は基本的にロッカーに置きっぱなしにしていた。なので、世界史の授業の前にはロッカーから出しておく必要があるのだけれど、今日はぼんやりしていてすっかり忘れてしまっていたのだ。

忘れ物なんて、小学校低学年以来だ。ショックと焦りで、手が震える。

「……すみません、資料集、出し忘れてました。ロッカーに取りにいっていいですか」

そう言った声も震えてしまう。先生は一応というように「ちゃんと用意しておいてくださいね」と釘を刺してから、どうぞとうなずいた。

わたしは頭を下げて席を離れ、急ぎ足で教室を横切る。クラス全員分の視線を背中で感じ、そわそわと落ち着かない。

うしろのドアから廊下に出る直前、「さすが男好き」とささやく声が聞こえた。

思わず一瞬足が止まる。

そっと、半分だけ振り返った先に、麗那がいた。

彼女は机に頬杖をついて前を向いたまま、でもその口もとはまちがいなく歪んでいた。その唇が、薄く開き、隙間から毒が漏れ出してくる。

「男の先生相手ならいい子ぶりっこするくせに、女の先生のときは準備も適当なんだあ……」

胸の奥がぎゅっと痛み、かっと頭に血が昇る。屈辱と怒り。

本当にただ忘れただけで、やましいことがあるわけでも、図星をさされたわけでもないのに、痛いのはどうしてなんだろう。

事実も根拠もなく、ただただ傷つけようという魂胆で吐かれた、分かりやすすぎる悪意に、なんでこんな簡単に傷つけられてしまうんだろう。

わたしはこんなに弱かったの？

それでもせいいっぱいの強がりで、なにごともなかったように廊下に出てロッカーのとびらを開け、目的のものを取り出す。

麗那のほうを見ずに急いで席に戻り、「すみません」と先生に向かって頭を下げて、資料集を机の上に置いた。

「じゃあ、読んでください。三十八ページのコラムね」

「はい……」

いつもより温度も湿度も高い感じのする視線が、教室の全方向から飛んできて、全身の肌にへばりついている。そのせいか、急に心拍数が上がる。

緊張しているのを自覚した。普段なら授業中に当てられたくらいで緊張なんかしないのに。

忘れ物をしてしまったからだろうか。それでみんなから注目されたからだろうか。

指定されたページを開き、読みはじめてすぐに、わたしは自分の異変に気がついた。

……あれ？　なんで？　うまく読めない。

なぜか、言葉がスムーズに出てこなくて、まるで小学一年生の音読みたいな、たどたどしい読み方になってしまう。

喉が狭くなったみたいに、空気がうまく通らない。

声がかすれ、すこし震えて、そう自覚するとどんどん調子が狂って、繰り返しつっかえてしまう。

羞恥と焦燥で顔は熱くなり、頭は真っ白になる。

落ち着いてちゃんと見て読まなきゃと思えば思うほど、目が活字の上を滑り、文字として認識できず、さらにつかえる。

おかしい。どうして。音読なんてたいしたことないのに。いつもはなにも考えなくても普通にすらすら読めるのに。なんで、どうして。

パニックに陥ったままつっかえつっかえ読んでいると、くすくす笑いが聞こえてきた。

声だけで分かる。麗那だ。つられたようにほかの人たちも笑いはじめた。

顔が熱い。額やこめかみに汗が滲む。心臓がばくばくうるさい。

針のむしろの苦痛の中、なんとか声を絞り出して読み終え、崩れるように椅子に腰を落とした。

もうこれ以上一ミリも動けないというほど疲れていた。


休み時間になったと同時に、飛び出すように廊下へ出た。

ロッカーに資料集をしまい、そのまま階段のほうへと早歩きする。教室にいたくないという一心だった。

目的もなく校内を徘徊していたら、階段下からひとりの女子生徒が出てきた。ちょうど物陰になっているところから突然だったのでわたしは驚き、思わず彼女のやって来たほうを見ると、職員・来客用の多目的トイレがあった。生徒の利用が禁止されているというわけではないけれど、奥まった場所にあるのであまり知られておらず、生徒が使うことはほとんどないと思う。彼女は深くうつむいたまわたしの前を横切り、慣れた様子でさっと保健室に入っていった。

たぶん保健室登校をしている人なのだろうと思う。同じような子が中学のとき同じクラスにいた。一学期はずっと休んでいたけれど、二学期からときどき教室に来て一時間だけとか二時間だけみんなと一緒に授業を受けるようになった。三学期は休みがちながらも朝から教室に登校するようになり、一度近くの席になったので話をするようになった。それであるとき、二学期は欠席ではなく保健室登校をしていたのだと教えてくれた。

そのときは、「へえ、そういう登校の仕方もあるんだな」くらいにしか思わなかったけれど、今は正直、羨ましかった。

堂々と逃げ道を選ぶことができて羨ましい。そう思ってしまう。

もちろん、彼らには彼らなりの苦しみがあるのだろう。わたしには想像もできないような、経験したこともないような悩みや葛藤を抱えていて、教室に行くのがひどく苦痛だったり怖かったりするのだろう。

だから、彼らの気持ちも考えず安易に羨ましがるなんて、間違っている。そんなことは分かっている。頭では理解できる。

それなのに、どうしても、羨ましいと思ってしまうのだ。

わたしは、どんなに学校に行くのがいやでも、教室に入るのが苦痛でも、不登校や保健室登校を選ぶことができない。親に学校を休みたいと言うことも、先生に保健室に行きたいと言うことも、部活をやめたいと言うことも、わたしにはできない。

勇気がない、覚悟がない。

つらいのに、つらいと思う自分を受け入れられず、強がってしまう。それが、わたしの弱さだった。

だから、強がらずに弱さを認めて、逃げる選択のできた人が、羨ましく、妬ましいのだ。

最低だな、わたし。反吐《へど》が出る。

こんな自分、知りたくなかった。

＊

部活の時間になった。

今までもずっと憂鬱だったけれど、今日はいつもよりさらに憂鬱で、体育館に向かう足どりがひどく重かった。

一年生は今日は課外学習で現地解散なので、部活には参加しない。だからわたしと麗那たちの二年生四人だけで活動することになっている。

顧問の谷村先生も出張で部活には来ないと分かっているから、麗那たちはコートの真ん中に集まって座り込んでいつも以上にだらだらしていて、バッシュの紐をいじったりボールで手遊びをしたりするばかりで、練習を始める気配はない。

なにか言ったところでどうせ白い目で見られてあとから陰口を叩かれるだけだろうし、今日はそれを分かった上で話しかける気力もないので、彼女たちのことは放っておいて、ひとりでシュート練習をする。

二十分ほど経ったころ、レイアップシュートの練習をしているとき、ゴールに向かって走る視界の端に黒い大きな人影をとらえた。目を向けると、隣のコートで練習している男子バレー部の顧問の長田《ながた》先生が、体育館の中に入ってくるところだった。厳しいことで有名な、体育科の先生だ。

そのまますぐに男バレの人たちのほうに行くだろうと思ったのに、長田先生は入口で足を止め、なぜかこちら側、女子バスケ部のほうをじっと見ている。

わたしは違和感をいだきつつも数回シュートを打ち、再び目をやると、先生はまだこちらを見ていた。

わたしは思わず振り向いて、麗那たちの様子を確認した。彼女たちは相変わらずおしゃべりに興じていて、先生が見ていることには気づいていないようだ。先生は視線を動かさない。

叱られるかもしれない。そう思って麗那たちに声をかけようと思った直後、

「おい」と長田先生が声を上げた。その目はわたしをとらえている。

「女バスは今日は自主練か?」

たずねられて、わたしはどきりとする。いやな予感にとらわれながら「いいえ」と首を横に振った。

「じゃあなんであいつらはあんなにだらけとるんだ」

「……すみません」

としか言いようがない。

長田先生は麗那たちに顔を向け、「こら、いつまでさぼっとるんだ！」と声をかけた。彼女たちははっと振り向き、それから一瞬顔を見合わせる。麗那が先生に「すみませーん」と頭を下げてから、

「部長が練習メニュー教えてくれないので、始められませんでした」

と言った。わたしは驚きに目を見開く。まさかそんないやがらせをされるとは思わなかった。顧問からもらったメニュー表をちゃんと渡してあるのに。

「教えてもらってないからってさぼっていいわけじゃないだろ。いつまでもだらだらしてないで、自分たちでも考えて動けよ」

「はあい、すみませんでした」

麗那たちは立ち上がり、それぞれウォーミングアップを始めた。でも、ひとつ

ひとつの動きにキレがなく、先生から発破《はっぱ》をかけられたというのにあまり熱が入っていないと、見れば分かる。わたしは思わず唇を噛んだ。

長田先生が溜め息をついてわたしに目を向ける。わたしはボールを胸に抱えて、叱られるのを待つ。

「香月、お前が部長だろ」

「……はい、そうです」

「自分だけちゃんとやりゃあいいってもんじゃないだろうが。ちゃんと部員をまとめろ、それが部長の仕事だろ」

「はい……」

なんでわたしが怒られなきゃいけないの？　さぼってるのは麗那たちなのに。きっとそんな気持ちが顔に出てしまうから、わたしは顔をうつむける。

「お前ならそれができると見込んで、谷村先生もお前に部長を任せたんじゃないのか？　期待されてるんだよ、その期待を裏切っていいのか？　なぁ。しっかりせえよ」

部長だというだけで、ほかの部員が勝手にさぼっていることまで怒られなきゃいけないの？　どうして？

ああ、部長を引き受けたからいけないのか。こんな責任がつきまとうと分かっていたら、部長なんて断ったのに。そうか、安易に引き受けたわたしが悪いのか。じゃあ、わたしが怒られてわたしが謝って当然なんだ。

「……はい。すみませんでした。ちゃんとします」

ぎりりと唇を噛みながら頭を下げたら、先生は肩をすくめて男子バレー部のほうへ立ち去った。

予想はしていたことだけれど、麗那たちは結局真面目に活動してくれなかった。しばらくはパス練をしていたけれど、十分ほどして男バレの指導を終えた長田先生が再び体育館を出ていくと、すぐに練習をやめてコートに座り込み、水分補給をしつつおしゃべりを始めた。

そのまま五分、十分とすぎていく。

さすがに休憩とは言えない時間が過ぎたころ、わたしは意を決して彼女たちのもとへ足を進めた。

「……ねえ。今日はもう練習しないつもり？　最近ぜんぜん真面目に練習してないじゃん」

　そんな言葉が口をついて出て、しまったと思った。朝からずっと続いている不機嫌が邪魔をして、きつい言い方を避けるという配慮がまったくできなかった。心の中で考えていたままの言葉が出てしまった。

　そのせいなのか、それとは関係ないのかは分からないけれど、麗那はわたしの声なんて一切聞こえなかったかのように、おしゃべりを止めない。まるで声すら届かない幽霊になったような気分になったけれど、美優と梨乃はうかがうようにちらりと目を上げたので、聞こえていないわけではないはずだ。つまり、あえて無視をしているのだ。

　わたしは間違ったことは言っていないのに、自己満足でも意地悪でもなく、部のためと麗那自身のためを思って言っているのに、これ以上さぼっていたら下手になると心配して言っているのに、わざとらしく無視をされているのだ。

　苛々する。本当に苛々する。ぷちっとなにかが切れる音がした。

「――いい加減にしてよっ！」

　わたしはとうとう我慢の限界を迎えて、弾けるように叫んだ。

美優と梨乃がはっとしたように目を見開いてわたしを見た。麗那は口を閉じ、眉を寄せてわたしを見上げる。

やっと麗那の注意を引くことができた。

ここ数ヶ月の鬱憤と苛立ちをぶつけるように、次々と湧き出してくる言葉を吐き出す。

「ねえ、なにしに部活来てんの？　おしゃべりしに来てんの？」

「……はあ？」

「バスケ好きなんじゃないの？　上手くなりたくないの？　練習しないなら部活なんか来なければいいじゃん！」

麗那が美優と梨乃の手を掴んで立ち上がった。

「うっざ、こいつ……。ふたりとも、あっち行こ」

そのまま場を離れようとするので、

「ちょっと待ってよ、まだ話終わってないんだけど！」

とわたしは声を荒らげて引き止める。それでも麗那は振り向かない。

「……部長になれなかったからって、いつまで拗ねてんの」

思わず低くつぶやいた。聞かせようと思ったわけではないけれど、聞こえてもかまわないと思って言った。

麗那が足を止め、ゆっくりと振り向く。無言でこちらを見ている。

「バッカじゃないの？　高校生にもなって、子どもみたいに意地張ってさ……。ほんっと馬鹿みたい、付き合ってられない」

わたしがそう言ったとき、麗那の顔に浮かんだ表情を、なんと表現すればいいだろう。

マグマのような、どろりと熱い憎悪。

氷の塊のような、きいんと冷たい視線。

ぞくりとした。

麗那は怒りと憎しみのこもった目でしずかにわたしを見つめ、

「お前、マジでムカつく……」

そうつぶやいて、美優たちから手を離し、こちらにやってくる。そして右手でわたしの右肩をぐっと掴み、爪をぎりぎりと食い込ませながら、ゆっくりと顔を寄せた。

「……消えてよ。マジで」

低く、小さく、でも鋭く胸に突き刺さる声で、彼女はわたしの耳もとにささやいた。

3章 限界

＊

翌日、一時間目のあとの休み時間のことだった。

職員室に提出物を持っていって教室に戻ると、机の上に載せていたはずのペンケースがなくなっていた。

すぐに床に落ちていないか確認したけれど、なかった。無意識のうちに片付けてしまったのかと思い、机やリュックの中を探してみたけれど、どこにもない。

くすくすと笑う声が聞こえてきた。振り返ると、麗那がこちらを見てにやけていた。でも、目は笑っていない。

いやな予感がした。教室のうしろに移動し、ゴミ箱の中を覗いたら、すぐに分かった。不要なプリントや空になった紙パックに紛れるように、わたしのペンケースが捨てられている。麗那のしわざだろう。

ぎゅうっとお腹のあたりが痛くなった。どくどくと脈うつ音がする。

ふっと短く息を吐いて、ゴミ箱の中に手を突っ込み、ペンケースを取り出した。

だれかの捨てた紙パックのジュースの中身が残っていたようで、べたべたと濡れている。

ビニール製でよかった、と妙に冷静に思いながら、中のペン類を取り出してみると、中身は無事だった。ケースを持って手洗い場に行って、水で洗い、部活用のタオルで拭いた。

のろのろと教室に戻りながら、麗那はとうとうラインを越えたんだな、と思う。遠くからわざとらしく視線を送ったり嘲笑したり陰口を言ったりといういやがらせのラインを越えて、次の段階に踏み込んだ。

たぶん、昨日の部活がきっかけになったのだろう。

昨日、わたしが感情を抑えきれずに麗那に向かって怒鳴ってしまったあと、彼女は黙って体育館を出ていった。美優たちもあとを追い、戻ってこなかった。

わたしは下校時間までひとりで練習していた。体育館に戻ってきた長田先生に「ほかの部員はどうした」と訊かれて、「帰りました」と答えたら、呆れたように肩をすくめていた。

麗那は練習中どんなにだらけていても、今まで部活時間の途中で帰ったことはなかった。昨日のことはそれくらい彼女にとって大きな出来事だったのだろう。

「……うぅ」

痛い。お腹のすこし上の、胃のあたり。鋭い差し込みに、思わず小さく呻いた。なにか悪いものでも食べたかな。朝ごはんは今日もヨーグルトだけだったけれど、もしかしたら期限が過ぎていたのかも。

次の休み時間、あまりの痛さに吐き気までしてきて、トイレの個室に駆け込んだ。でも、吐きはしなかった。

便座に座ってぼんやりとドアを見つめていたら、トイレに入ってくる複数人の足音が聞こえてきた。

個室から出ようと腰を上げたとき、「せーの」と聞こえた。

やばい麗那の声だ、と思った直後、上からざばっと水が降ってきた。

「……っ！」

驚きのあまり、叫び声すら出なかった。

まだ冬ではないけれど、水は充分に冷たくて、一瞬にして全身が冷えきった。心臓まで凍りついた気がした。

思考が止まる。時間が止まる。

お風呂上がりのように濡れそぼって束になった髪の先から、ぽたぽたと水滴が落ちてきて、膝の上に置いた手の濡れた皮膚をさらに濡らす。こめかみから垂れた雫が、頬をつうっと伝う。

きゃははっと楽しげに笑う麗那の声がした。その次に続いたのは、

「……あはっ、うける。麗那やばっ。あはは……」

彼女に合わせて機嫌をとるような、でもどこか乾いた笑い声。美優の声だ。

「さすが麗那。でも、ちょっと……大丈夫かな？　はは……」

引きつったような声でそう言ったのは、梨乃だ。

「平気でしょ、これくらい」

麗那は吐き捨てるように言う。とたんに美優と梨乃の声が止む。

「あいつ、心臓に毛生えてんじゃないってくらい図太いし」

「あは……だよね……」

美優が小さく言った。

わたしは下を向いたまま、濡れた脚を見つめる。

スカートはまだたっぷりと水分を含んでいる。その裾から、水溜まりのできて

いる床へと水滴が落ちて、ぴちゃん、ぴちゃんと音を立てる。

この床はわたしが拭くべきなのだろうか。どうせ麗那たちはやらないだろうし、わたしがやるしかないのだろう。水をかけられた側なのに。

ぼんやりした頭で、そんなことを考えていた。

梨乃が「……そういえば」とつぶやく。

「去年わたしと同じクラスに、いじめられて不登校になったっていう男子、いたの知ってる……？」

一瞬の沈黙があり、麗那が思い出したように「あー」と声を上げた。

「なんかあったね、そんな話」

「……その子、自殺、したんだって」

梨乃のぽつりとした言葉に、麗那がふっと笑いの滲む息を吐き出した。

「やばっ。死んだの？」

氷みたいに冷たい声で、笑いながら彼女は言う。

「いじめって言っても、殴られたとか蹴られたとかじゃないんでしょ。ちょっといじられたくらいで真に受けて死ぬとか、メンタル弱すぎじゃん。そんなんじゃどうせ社会に出てもやってけないし、若いうちに死んでよかったんじゃない？」

「はは……っ、だよね」

「あーあ、そろそろ死んでくれないかなー、あいつも」

きゃははっ、あはは、ははは……。三人の笑い声がからみ合って、トイレ中に反響して、頭上から大雨みたいにざばざばと降ってくる。


彼女たちがトイレから出て行ったあとも、わたしは個室から出られなかった。水びたしの床にしゃがみ込んだまま、微動だにできない。

——消えてよ。マジで。

——そろそろ死んでくれないかなー。

麗那の吐いた言葉が、いつまでも頭の中を回っている。

消えて。死んで。

そんな言葉を人から投げつけられる日が来るなんて、考えたこともなかった。

わたしは、そんなに悪いことをしたのだろうか。死を願われるほどの罪を犯したのだろうか。

そんなはずない、と思いたい。

でも、なんにも悪いことをしていないのに死んでと言われる人間なんていないだろう。きっとそれだけのことをしてしまったのだ。

のろのろと目を上げ、頭上を見る。

照明は消えている。薄汚れて黄ばんだ天井。個室のドアも壁もびしょ濡れだ。暗くて、深くて、狭くて、湿った井戸の底に、閉じ込められているような気持ちになる。

なんでかなあ、とぼんやり思う。

真面目に、まっとうに、生きてきたつもりなのに。

いつだって正しくあろうとしてきたはずなのに。

いつの間に、わたしはこんな谷底まで堕ちてしまったんだろう。

チャイムが鳴り始め、急いで教室に戻る生徒たちの足音で、トイレの外の廊下が一気に騒がしくなった。

授業が始まる。行かなきゃ。

でも、身体が動かない。

授業だけは休みたくないのに。お昼に教室から逃げるだけで止めておきたいのに。

だって、教室に入りたくないからといって授業を休んだら、麗那の思うつぼだ。負けを認めたようなものだ。

わたしは負けたくなかった。

だれにも、なににも、負けたくない。負けたくなかった。

だからずっとがんばってきたのに。ここで負けたら、今までの努力が無駄になるのに。

それでも、わたしは今、動けない。


廊下が静まり返ってしばらく経ってから、やっと身体がすこしずつ解凍されてきた。

ゆっくりと腰を上げ、鍵を開けてドアを押し開き、外にだれもいないのを確認してから、ひっそりとトイレを出る。

まだ遅れたといっても一、二分だ。今ならまだ間に合う。トイレに行っていました、と授業担当の先生に言えば、叱られるほどのことではないだろう。今からでも教室に行こう。

でも、どうしても、わたしの足は教室のほうへは向いてくれなかった。

ずぶ濡れのまま、教室とは反対側へ向かって歩く。

上履きの中までぐっしょりと濡れていて、床を踏みしめるたびに、ぐちゅぐちゅと音を立てながら靴下から水が溢れ出す感じがするのが、ひどく不快だった。

だれもいないしずかな廊下をとぼとぼと歩いているとき、保健室の前を通りかかった。

今日もこの中には、教室へ行くことを諦めた人がいるのだろうか。

無意識のうちに、目の前のドアへ手を伸ばす。

『しんどいので、休ませてください』

心の中で、保健室の先生に、そう打ち明ける練習をしてみる。

でも、結局わたしは、ドアに触れることすらできなかった。

教室に行きたくないと、こんなにも強く思っているのに、それを認めて口に出す勇気が、わたしにはどうしても湧いてこない。

中から声がした。たぶん、先生と生徒が話している声。なんだか楽しそうに笑っている。わたしより何百倍も楽しそうな笑い声。

それから、こちらへ向かってくる足音。だれかが出てくるのかもしれない。

わたしは反射的に踵《きびす》を返し、勢いよく駆け出した。

足音を立てたらいけないという考えも浮かばないくらい焦っていた。

保健室のドアの前で逡巡していたことを、だれにも知られたくなかった。

全力で走りながら、なぜか突然、スマホの中に入っている一枚の画像――麗那たちと笑顔で撮った写真を、ふっと思い出した。

もうずっと見ていないのに、ずっと忘れていたのに、どうして、今さら。

もう二度と戻れない日々。

わたしも、麗那も、あのころには戻れない。

どうしようもないくらい、変わってしまった。

廊下の窓から入ってきた風が、びしょ濡れのブラウスの背中をさっと撫でて、吹き去った。

熱が奪われ、一気に全身が冷える。

冷たい。

寒い。

震えが止まらない。

＊

気がつくと、足は旧校舎へ向かっていた。

ひと気のない場所まで来て、静寂に包まれた途端に、ぎりぎりまで張り詰めていた糸が、ぷつんと切れた。

もう限界だった。

胸の底から喉もとへ、猛烈な勢いで、なにかがこみ上げてくる。

そのなにかが、内側から唇を押し開けた。

「……うぅっ」

自分のものではないみたいな、ひしゃげたうめき声が漏れる。

瞬間、堰《せき》を切ったように、叫び声が飛び出した。

「ああ――……っ！」

一度こじ開けられてしまった口は、わたしの意思とは無関係に大きく開いて、激しく泣き叫ぶ。わたしの目もわたしの意志を無視してぼろぼろと涙を流す。

わたしは幼い子どもみたいに声を上げて泣きじゃくりながら、第三講義室に駆け込んだ。

だれもいない。よかった。

ひとりきりの秘密基地にたどり着いたら、さらに気がゆるんで、泣き声はますます大きくなり、涙の勢いも増した。

幼稚園児のころだって、たぶんこんなに泣いたことはない。

全身の力がぬけて、ただひたすら泣きじゃくる。

涙も、嗚咽《おえつ》も、泣き声も、自分の意思では抑えられない。

だから、ばたばたと走ってくる足音が聞こえたとき、飛び上がるほど驚いた。

自分の泣き声がうるさすぎて、気づくのが遅れてしまったらしい。

それに、授業時間中だからだれも来ないはずだと思い込んでいて、完全に油断していた。

振り向いた先にいたのは、ドアを開けてこちらを向いている彼だった。

わたしのほうを見た彼は、驚いたようにはっと息をのんだ。

彼はいつもうつむいているので、こんなふうに顔を上げているところを見るのははじめてだった。

そのことに驚いて、わたしも息をのむ。

はじめて、彼と、正面から向き合っている。

でも、距離があるし、長い前髪に隠れているので、その顔立ちや表情はやっぱりよく分からない。

数秒間硬直していた彼が、いきなり動いた。自分の身体にばっと目を落とし、制服のシャツの胸のあたりをぐっと掴む。直後、ぶんぶんと首を横に振り、そのまま勢いよく身を翻《ひるがえ》して、だっと駆け去った。

あまりの異様な、というか挙動不審なふるまいに、わたしの涙はいつの間にか止まっていた。

わたしはぽかんと口を開いたまま、彼の消えた廊下を見つめる。

もしかして彼は、昼休み以外もここに来ていたのだろうか。いつも昼休みにしか来ないわたしがなぜかこんな時間に来ていたから、驚いて逃げたとか？

でも、じゃあ、なんで、あんなに走って来たのだろう。いつもはあんなにしずかに、足音も立てないくらいなのに。

そんなことを考えていると、再びばたばたと慌ただしい足音が聞こえてきた。

またたれか来たのか。いや、もしかして、彼が先生とか呼んできたんじゃ。さぼっていると告げ口をされてしまったのかも。

焦って立ち上がり、どこかへ逃げようとしたとき、彼が姿を現した。

ほかにはだれも連れていなくて、彼だけだった。ちょっとほっとする。

でも、さっき彼が立ち去ってから、おそらくまだ五分も経っていない。一体なんなんだ、とわたしは怪訝《けげん》に思った。

うつむきがちにドアの前に立ち尽くしている彼は、ぜえぜえと肩で息をしていて、全速力で走ってきたのだと分かる。

彼が息をととのえつつ、こちらへ近づいてきた。

目の前に立った彼は、わたしが遠目に見て予想していたよりも、背が高かった。いつも猫背でうつむいているから小柄なイメージがあったけれど、背筋をのばせばわたしよりも頭ひとつくらいは高そうだ。

その両手には、なにか真っ白な布の塊のようなものが抱えられていた。

なぜかふいに、白いシーツを頭からかぶったおばけが思い浮かぶ。

彼は抱えた白い布をわたしに向かって、おずおずと遠慮がちに差し出した。

「え……」

見ると、それはタオルだった。

わたしは戸惑い、彼を見つめる。

「え、なに……？」

わけが分からなくてたずねると、

「………っ」

彼の口から、なにか小さな音が漏れた。

舌打ちのように聞こえて、わたしは無意識にびくりと肩を震わせてしまった。

わたしを睨む麗那の、嫌悪と憎悪にまみれた眼差しを、反射的に思い出していた。

「つっ、つ、……」

彼は深くうつむいて、ううう、と唸る。

長い前髪の隙間から、唇をきつく噛んでいるのが見えた。

もしかして、怒っているのか。どうして？

わたしがなにか怒らせるようなことをしてしまった？

また、無自覚に人を傷つけ、怒らせてしまった？

わけが分からなくて、これからなにを言われるのかと思うとひどく不安で、怖かった。

「…………」

うつむいたままの彼の、垂れた前髪の向こうから、きつく眉を寄せた苦悶の表情が覗いている。

どうしてそんなに苦しそうな顔をしているのだろう。

彼はまた舌打ちのような音を立て、それから首を横に振って、「ふ」と声を上げた。

「え？」

わたしが首をかしげると、彼はなにか喉に詰まっていたものを吐き出すように言った。

「……ふっ、拭いてない、やつだから！　それまだ、拭いてないやつだから、」

「拭いてない……？　ああ、まだ使ってないタオルってこと？」

彼がこくこくとうなずく。

「だ、だから、あ、あ、安心して、拭いて……」

それで、やっと分かった。

わたしがずぶ濡れになっているから、わざわざ校舎に戻って、タオルを持ってきてくれたのだ。

「わたしが使っていいの？　これ、あなたの？」

きっとわたしが身体を拭くのに使ったら、このタオルは今日はもう使えないくらいびしょ濡れになってしまうだろう。彼はそれで困らないのだろうか。もしも部活で使うとしたら、タオルがないと困るだろう。

本当にいいのかとためらうわたしに、彼はまたこくこくと首を縦に振り、さっきよりもすこし強引に、タオルを手渡してきた。

わたしは「ありがとう」と受け取る。

「……ありがとう」

もう一度、つぶやく。噛みしめるように。

なぜか、止まったはずの涙が、また込み上げてきた。濡れた顔を拭くふりをして、目もとをぬぐう。

それから髪や腕を拭いていたら、彼がもうひとつなにかを差し出してきた。体操服のジャージだった。

「え、これも、あなたの……？」

彼がぶんぶんと首を横に振る。それからまた、ちっちっと舌打ちのような音。

でもそれは舌打ちではないらしいと、表情や仕草からなんとなく察する。たぶん、言葉を探しているときの癖のようなものなのだろう。

「……ほ、保健室」

しばらくして彼が、絞り出すように言った。

「かか、貸し出し用……」

「……？　あ、これ、保健室から借りてきてくれたの？」

こくこくと彼がうなずく。そして「お、お」と何度かつぶやいてから、

「おっ、お、おれのじゃ、……いっ、いやかなって、お、………」

「いやなんて思わないよ」

彼の言おうとしている言葉に気づいた瞬間、思わず、彼が言い切る前に口を挟んでしまった。

いやだなんて思うわけがない。その気持ちを、どうしても、一秒でも早く伝えたかった。

さっき彼が第三講義室に来て駆け去る直前、自分の制服を見下ろし、胸のあたりを掴んでいたのを思い出した。

きっと彼は、わたしが濡れているのを見て、着替えが必要だと判断して自分の服を貸そうかと思い、でもわたしがいやがるかもしれないと考えて、わざわざ保健室まで貸し出し用のジャージを取りに行ってくれたのだ。あんなに息を切らしてまで、急いで戻ってきてくれたのだ。

クラスメイトでもなんでもない、話したことすらない、わたしのために。

「……ありがとう」

ああ、また、涙が。慌ててタオルを押し付ける。

彼が渡してくれたジャージをはおったら、冷え切っていた身体が、まるで春風に包まれたみたいに、ふんわりあたたかくなった。

いつも胸の奥にある氷の塊が、じわじわと溶けて、すこし小さくなったような気がする。

「ありがとう……」

噛みしめるようにもう一度言うと、彼は顔を上げた。

そして、軽く首をかしげて、ふわりと笑った。

その動きに合わせて、まっすぐな彼の髪がさらりと音を立てて揺れる。

長い前髪の奥から、その目がちらりと覗き見えた。

瞬間、わたしははっと息を呑んだ。

彼の瞳は、驚くほど淡い色をしていた。

その虹彩は、ほとんど色素がないと言ってもいいくらい色が薄く、わたしの目には、明るく澄んだ灰色に見えた。

まるで、通り雨が降り出す前の晴れ曇りの空のような、透き通った灰色。

すこしびっくりしたけれど、そんなことよりも、と思う。

はじめて、顔をちゃんと見れた。

ゆったりと細められた目、すこし垂れた目尻、ゆるく上がった口角。

なんて優しい顔をしているのだろう。

彼の顔を見ていると、なぜだかどんどん涙が込み上げてくるので、わたしは思わず目を逸らした。

ジャージの襟を両手でかき寄せて、肩を縮めていると、

「あ、あっあ、……」

彼が小さく声を漏らしたので、わたしは彼に目を戻した。

「え、ええ、えー……」

なにか話すのかと思ったけれど、彼はそのまま黙り込んでしまう。

「……じゃあ」

ぽつりと言って、彼はしずかにあとずさった。

一瞬だけちらりと上げた瞳が、雨が降り出す直前みたいに、淡い灰色に揺れる。

すぐにうつむいたその顔は、どこか悲しげに歪んでいるように見えた。

なぜだろうと思いつつ、わたしはもう一度「ありがとう」と声をかける。

彼はうつむいたままこくりとうなずき、講義室から出ていった。


それが、わたしと彼の、はじめて言葉を交わした日だった。

＊

翌日、昼休みになるとすぐに、お弁当と、彼が貸してくれたタオルを抱えて、旧校舎に向かった。

昨日借りたものは帰宅してすぐに洗濯して乾かし、ジャージは朝登校してすぐ保健室に返却した。そしてタオルを彼に返すため、第三講義室へと急ぐ。

あっしまった、お礼のお菓子とか持ってくればよかった、とふいに気づいて、途中で方向転換し、生徒玄関にある紙パックの自販機でジュースを二本買った。

でも、絶望のどん底にいたときに彼がくれた優しさとあたたかさには、ジュースくらいでは見合わないなと思う。山盛りのお菓子でも間に合わない。

本当に、本当に嬉しかったのだ。

もう消えてしまいたいというくらいに苦しかったのに、彼が差し出してくれた優しさのおかげで、消えたい気持ちがすっかりなくなったほどに。

どうやったらこの恩を返せるだろうか。


旧校舎は今日も静まり返っている。

第三講義室に入って、いつもの席に腰かけ、でも今日はいつもと違ってすぐにお弁当を開いたりはせず、彼がいつも入ってくるうしろのドアを見つめる。

彼は来るだろうか。

昨日の昼休みもわたしはもちろんここで過ごし、彼もいつもと同じようにここに来ていたけれど、わたしたちは再び話をすることはなかった。

彼はほんの二時間前にわたしにジャージやタオルを持ってきてくれたことなどまるで幻だったかのように、いつもどおりうつむきがちに入ってきて、様子をうかがうようにちらりとわたしを見たあとはすぐにこちらに背を向け、黙々と本を読んでいた。

そうなるとわたしもわざわざ話しかけるきっかけもなく、むしろ話しかけないほうがいいのかななどと思ってしまい、いつものように背中合わせのまま、時を過ごした。

でも、今日は、このタオルを返すという大事な用がある。

話しかける口実がある。

彼のしずかな足音が聞こえてきた。がらりとドアが開く。

呼びかけようとして、名前を知らないことに気づいた。

「えっと……こんにちは。昨日は本当にありがとう」

とりあえずそう声をかけると、彼はびくりと肩を震わせた。それからこくこくと首を縦に振る。

「あのさ、名前、聞いてもいい？」

たずねると、彼は驚いたように目を見開き、すこし苦しそうな、つらそうな顔でうなずいた。

その反応を目にして、わたしは慌てた。わたしに名前を教えるのはいやなのだと思った。

「あ、ごめん、いやならいいよ、ぜんぜん。無理に聞きたいわけじゃないし」

「やっ」

彼が首と手をぶんぶん横に振った。そして、一瞬うつむいて、ふうっと細く息を吐き出す。

「……いっ、い……」

彼はそこで口を噤《つぐ》み、なにかを諦めたように、はあと深い溜め息をついた。

制服のシャツの胸ポケットから、ペンとメモ帳を取り出し、なにかを書きつける。そしてわたしに見えるようにメモをこちらへ向けた。

『五十嵐《いがらし》　紺《こん》』

綺麗な字で、そう書かれていた。

習字の先生のお手本のように丁寧な、とても力強い印象を受ける筆跡で、ちょっと意外だなと思う。彼はなんとなく、その雰囲気的に、小さく儚《はかな》げな字を書きそうなイメージだった。

こういうのが先入観というやつだな、と内心反省する。

「いがらし、こん、って読むの?」

たずねると、彼が浅くうつむいたままこくりとうなずいた。

名前を教えてもらえたことにほっとして、思わず頬がゆるむ。

「ありがとう。わたしは香月瑠璃、です」

そう名乗ったら、彼はさっと目を上げてちらりとわたしのほうをうかがい、ぱっと顔を伏せた。苦しそうに口もとを歪め、小さく呻くような声を出す。

「……っ、か、か……」

彼はどうやら話すときに言葉が詰まりやすいらしい、そしてそれは口癖や緊張などによるものではないらしい、ということに、そのときにはわたしもさすがに気づいていた。それと、おそらく言いやすい言葉と言いにくい言葉があるようだということも。

たぶん、体質とか、なにかの病気や障害などが原因で、本人の意志に関わらず、そういう話し方になってしまうのだろうなと思う。

彼のつらそうな様子を見て、すこしでも空気をやわらげたいと考え、わたしは「ねえ」と口を挟んだ。

「もしかして、『かづき』って言いにくい？」

彼がはっとしたように顔を上げる。

「あっ、う、う、……はい」

そして再びメモ帳になにかを書きつけ、こちらに向ける。

「……それが、あ、あ……冒頭にくる単語が、……い、い、……苦手で、」

「ん？」

見ると、メモには『ア行　カ行　タ行　マ行』と書かれていた。

これらの行の音が頭にくる言葉が言いにくいということか。

「へえ……そうなんだ」

彼がはあっと息を吐きながら、ア行とカ行に丸をつける。

「……そのふたつが、と、特に……」

わたしは思わず「うわあ、最悪じゃん」と声を上げた。

「よりにもよって出番多いやつばっかだ。しかも自分の名前も、『五十嵐紺』だから、名字も下の名前もア行とカ行で始まるから、特に苦手なやつってことじゃん。ほんと最悪——」

思いついたままそう口にしてしまってから、途中ではっと我に返る。そして、『やっちゃった』と気づいて、焦る。

ただわたしは、苦手な音と、身のまわりにある言葉の巡り合わせが悪いね、という意味で言っただけだった。でも、すこし考えてみれば、自分の体質だか症状だかについて『最悪』なんて言われて、いやな気持ちにならないわけがない。

「……ごめん」

こういう、思ったことをすぐに言ってしまう無神経なところが、わたしはだめなんだ。

相手の気持ちを考える前に、思いついた正直すぎる言葉をそのまま口に出してしまうところが、そんなわたしこそが、『最悪』なんだ。だから麗那にも嫌われてしまったんだ。

頭では分かっているつもりなのに、すこし気を抜くと、やってしまう。

自分の愚かさに深く落ち込んだけれど、彼は意外にも、怒ったり傷ついた顔をしたりすることはなく、

「そっ、そうなんだ！」

と言った。見ると、目を丸くして、どこか興奮したような表情を浮かべている。

「あ、あ、挨拶とか、か、慣用句とか、よく使うやつに限って、苦手な音が多くて、いっ、言いにくくて……」

「ああ……」

わたしは日常の生活の中でよく使う言葉を思い浮かべてみる。

おはよう、こんにちは、こんばんは。行ってきます、行ってらっしゃい、ただいま、おかえり、おやすみ。いただきます、ごちそうさま。ありがとう、どういたしまして。おつかれ、またね。

それ以外にも、頭、顔、手、腕、爪、足、お腹、肩。思う、言う、聞く、行く、来る、見る。おいしい、嬉しい、悲しい……。

今ぱっと思いつくだけでも、定番のあいさつや普段よく使う単語には、『ア行やカ行やタ行が頭にくる』ものがとても多い気がする。

「そっかあ……」

彼がいつも同じ空間にいてもわたしと話そうとしなかった、目を合わせることすらしようとしなかった理由が、やっと分かった気がした。

わたしの姿が幽霊のように見えなかったからでも、彼が幽霊だったわけでも、わたしのことを疎ましく思っていたわけでもなかったのだ。

よかった。心の底からほっとする。

言えない言葉が多いと、人と話すのがいやになる気持ちは、なんとなく想像できるし、理解できる。

でも、それじゃあ、なんだか、寂しい。そう思ってしまった。

まだ渡せていないタオルを、わたしは無意識のうちに胸にぎゅっと抱きしめる。

せっかく知り合えたのだから、すこしでいいから、仲良くなりたい。

彼のことを、もっと知りたい。

「じゃあ……」

ごくりと唾を飲みこむ。

「じゃあ、名字じゃなくて、下の名前……『るり』は？　『かづき』よりは言いやすい？」

さっき彼の挙げた『苦手な音』の中には、ラ行はなかった。だから、名字よりは、呼んでもらえる確率が上がるんじゃないかと思ったのだ。

だって、呼びにくい名前だからという理由でわたしとの会話に対して彼が及び腰になってしまったら、寂しい。

そんなわたしの提案に、彼は顔を上げ、唖然としたようにこちらを見た。ぱちぱちと何度も瞬きをする。

「い、い、言いやすい……ハ行とラ行は、け、け、と、と……」

『けっこう得意』だと言いたいのだろうと思った。

でも彼は言葉を飲み込むように唇をぎゅっと噛み、

「……わりと、平気……」

と小さく言い直した。わたしは「そっか」とうなずき、

「じゃあ、」

名前で呼んでいいよ、と言おうとして、口を閉ざす。この言い方はあまりに図々しい気がする。

わたしが代わりの言葉を見つける前に、彼が口を開いた。

すうう、と息を吸い込んで、薄い唇の隙間から、ささやくような声が洩れる。

「——瑠璃」

瞬間、タオルを抱きしめる手が震えた。言葉にならない感情に全身を包まれる。

家族以外から、まったく悪意のない声で名前を呼ばれるのは、本当に久しぶりだった。

嫌悪と憎悪にまみれた声でばかり呼ばれていたから、わたしは、自分の名前を、嫌いになりかけていた。

もうこんな名前はいらない、だれにも呼ばれたくないと思うほどに。

でも、今、彼が呼んでくれた。

いっさい不純物のない鉱物みたいな、澄みきった響きで、呼んでくれた。

その一言で、これまでのすべてが薙《な》ぎ払われたように、わたしの中で、自分の名前に対する複雑な感情はすうっと消え失せた。

わたしが喜びのあまり無言になってしまったのを勘違いしたのか、彼がはっとしたように目を見開いた。

「あっああ、ごっごめん！　呼び捨て……」

わたしは慌てて首を振る。

「いいよぜんぜん気にしないで！」

瑠璃ちゃんにせよ瑠璃さんにせよ、そんな呼ばれ方はわたしの柄ではないし、居心地が悪い。

「……わたしも」

また、ごくりと唾を飲む。タオルをぎゅっと握りしめる。

「紺って呼んでいい？」

勇気を振り絞ってたずねると、彼がじわじわと目を見開いた。

「うう、うん、もっ、もちろん……」

そう答えた彼の耳は真っ赤だった。たぶんわたしも同じだ。

すごく恥ずかしかったけれど、そんなことはどうでもよくなるくらい、わたしは彼の瞳に魅入られ、目を逸らせなかった。

なんて綺麗な瞳なんだろう。

星を宿したような、きらめきを秘めた大きな瞳に、やけに嬉しそうに笑うわたしが映っている。

気恥ずかしくて、でも嬉しくて、そのせいでタオルを返すのが遅くなってしまった。

*

「ねえ、紺ってさ、いつもどんな本読んでるの？」

お弁当を食べ終えて振り向くと、背中合わせに座る彼がいつものように本を読んでいたので、わたしはなにげなくたずねた。

「ず、図鑑が多いかな」

紺も振り向き、こちらを見て、そう答えた。

「へえ、図鑑かあ」

てっきり小説などを読んでいると思っていたけれど、予想が外れた。

「図鑑が好きなんだ？」

紺がこくりとうなずく。

「う、……そう。何回読んでも新しい発見があって、あ、飽きないから、すごくいいんだ」

「へええ。すごい、何回も読むんだ。なんかディープな楽しみ方だね」

感心してそう言うと、彼はなんだか照れたような表情を浮かべた。

「そうかな？　あ、新しい本、何冊も買えないから、一冊を何回も読むってだけなんだけど。それと、なるべく読むのに時間がかかる本がいいなと思って、図鑑にたどりついて」

「ああ、たしかに。図鑑って情報量やばそう」

「そうなんだ、すみずみまで読むと何日もかかるんだよね」

大人しくて口下手なイメージだった紺は、でも実際に話してみると、意外とおしゃべり好きだということが分かった。

わたしがなんとなく口にした質問にも必ず丁寧に答えてくれて、どんな会話も一言で終わらせたりはしない。だから、紺と話すのは楽しかった。

最近はずっとクラスでも部活でも、だれともまともに話していなかったから、自覚はなかったけれど、わたしは他人と会話することに飢えていたのかもしれない。

あの日以来わたしたちは、毎日昼休みの四十五分間、ぽつぽつとだけれど言葉を交わすようになった。というより、わたしが一方的に話しかけ、彼がそれに応えるという感じだったけれど。

そのうち紺はわたしと話すことに慣れてくれたようで、はじめのころのように緊張した表情を浮かべることはなくなり、言葉がつかえることもすこし減った気がする。

それに比例して、強ばっていた肩や丸まっていた背中も、なんだかやわらかくなり、なんとなくリラックスしている感じがした。

そのことが、わたしは嬉しかった。

背中合わせのままではあるけれど、教室の端っこと端っこの席に座っていたのが、すこしずつ内側の席になり、距離が縮まっているのも、嬉しい。

だからわたしは、ちょっと浮かれてしまっていたのかもしれない。

「そうまでして読みたいっていうのがすごい。ほんとに本が好きなんだね」

なんにも考えずにわたしがそう言うと、彼は一瞬口をつぐみ、ふるっと首を横に振った。

「いっ、いや、ひとりで時間つぶすのに最適ってだけで……。本、開いてたら、だれからも話しかけられないし……」

紺は、すこし寂しそうに、そうつぶやいた。

それを見てやっと、やってしまったと気づいた。ちゃんと考えれば分かることだったのに。

うまく言えない言葉があるから、人と話すのが不安で、だから話しかけられないように、予防線を張るために、彼は本を読んでいたのだ。

教室でもずっとそういう感じなのだろうか。一緒にお昼を食べる友達がいなくて、だから旧校舎で過ごしていたのだろうか。わたしと同じように、クラスに居場所がないのだろうか。

「そういえば紺って何組なの？」

思考の流れで、ふと思いついてたずねた。

「えっ、え、えっと……」

紺が気まずそうに目を泳がせる。

ああ、まただ。またやってしまった、と悟る。

これも、訊かないほうがいいことだったのだ。もしも本当に友達がいなくて居場所がないのなら、クラスの話題なんて苦痛でしかない。

わたしだって、今は、クラスの話などしたくない。

そもそも、同い年だということはバッジの色から分かっているし、それ以上の情報は、わたしたちの関係には、必要のないものだ。

「ごめん、べつにいいよ。何組でも関係ないし」

無神経な質問を取り消そうと慌ててそう言ったものの、これはこれで冷たく聞こえてしまうかもと焦る。

『あなたが何組だろうがわたしには関係がない、あなたには興味がない』というように受け取られてしまわないだろうか。

違うのに、真逆なのに。

不安と焦燥に駆られているわたしに、でも紺は答えをくれた。

「いっ、いちおう、G組……」

『いちおう』ってなんだろうと思いつつ、わたしはほっとして「そっか」とうなずく。

同じ学年のはずなのに彼のことを知らなかった理由が腑に落ちた。わたしはB組で1号館、G組は2号館で校舎が違うので、めったに遭遇することがないのだ。

「瑠璃は、た、たしか、Bだよね」

わたしは驚いて目を丸くする。

「あ、うん、そうそう。知ってたんだね」

自分が相手のことを知らなかったのに、相手は自分のことを認識していたなんて、しかもクラスまで知っていたなんて、なんだか申しわけなくなった。

すると紺がなぜか慌てた様子で、「ああいや違うんだ」と早口に言った。

「瑠璃は、め、目立つから。だから、い、い、一年のときから、知ってたというか……」

「えっ、そうなの？」

見た目も成績も平凡だし取り立てて特技もないわたしの、なにが目立つのかはよく分からないけれど、彼が一年生のときから知っていたというのはさらに驚きだった。

「それならそうと言ってよ」

思わず小さく笑って言うと、紺はふるふると首を振った。

「や、そんな、いっ、一方的に知ってたってだけだし、お、……」

彼は軽く唇を噛み、伏し目がちに続けた。灰色の瞳が、睫毛のかげの下で暗くなり、ほとんど黒に染まる。

「……おれなんかに勝手に知られてたの、き、きもいかなって――」

はあ？　とすっとんきょうな声が、わたしの口をついて出た。

「そんなわけないじゃん」

自分でも、すごく険しい顔をしていると分かる。眉間にしわが寄り、唇が尖るのを、自分の意思では止められない。

「なに言ってんの、紺。きもいってなに？　なにが？」

なんだかものすごく苛々していた。

自分の大事なとっておきの宝物を、他人からけなされ、踏みにじられたような気分だった。

「……だって、お、おれ、……きもいだろ」

紺が眉を下げてつぶやいた。わたしは思わず声を荒らげる。

「きもくない！」

思った以上の大声になってしまった。だれかに聞かれたらこの場所がばれてしまう、と瞬時に焦りが生まれ、深呼吸をしてなんとか気持ちを落ち着かせてから、声のボリュームを落とした。

「なんでそんなふうに思うの？　だれかに言われたの？」

もしも紺に向かってそんな言葉を投げつけたやつがいるなら、問答無用で殴り込みに行こうと決意する。人のことを面と向かって『きもい』と言ってしまえる人間の心のほうが、ずっと『きもい』。

でも紺は、「そういうわけじゃないけど」と答えた。

「そういうわけでは、ないんだけど、普通に考えて……き、きもいだろ、おれ。こんなしゃべり方で……」

「…………」

言葉がうまく出てこなくて、詰まることがあるのが『きもい』って？　紺は、自分のこと、そう思ってるの？

すこしくらいうまく話せないことがあったって、紺は気持ち悪くなんかない。気持ち悪いことなんて、一度も言ったことがない。

「……本物の『気持ち悪い』は、そんなんじゃないよ」

わたしは呻くように言った。

気持ちの悪いものは、どす黒くてどろどろしていて、見るだけで目が濁りそうなくらい、聞くだけで鼓膜が破れそうなくらい、吐きそうなくらい醜いのだ。

わたしは、この数ヶ月で、これまで知らなかった気持ち悪いものを、たくさん知った。他人の気持ち悪い部分を目の当たりにして、自分の気持ち悪い部分も、いやというほど思い知らされた。

そんなわたしだからこそ、思うのだ。

「紺は、違うよ」

なんの見返りも求めず、純粋な親切心から、ただただ他人に優しくできる紺のような人は、絶対に、気持ち悪くなんかない。

少なくともわたしにとっては、紺は、絶対に絶対に、気持ち悪くなんかない。

「紺は、すごく綺麗だもん」

優しくて、思いやりがあって、やわらかい言葉しか口にしない紺は、だれよりも綺麗だ。

社交辞令でもお世辞でもなく、本心からそう言っているのだとどうしても伝えたくて、わたしはまっすぐに彼の目を見つめる。

不純物のない鉱物のような、きらめく銀灰色の瞳が、ゆっくりと瞬く。

「――綺麗なんかじゃないよ」

紺は口もとを歪めて言った。

「…………」

どこか卑屈で自嘲的な表情だった。

瞳の色が、さらに暗くなる。

彼のそんな顔を見たのははじめてで、わたしはなにも言えなくなってしまう。

わたしは彼のことをなにも知らないのだと、当たり前のことを今さら思い知った。

紺は、その胸に、なにを抱えているのだろう。

なにが彼にそんな顔をさせるのだろう。

紺がふいと目を伏せ、読書に戻った。

でもわたしは、これで会話を終えるのはなんだかよくない気がして、話しかけるきっかけを探しつつ彼の様子を見ていた。

紺は本を読んでいるとき、メモ帳を横に置いて、なにかを書いていることがある。今も本に目を落としながら黙々と手を動かしていた。内容を書き写しているのだろうか。

「……ねえ、それって、なに書いてるの？」

あまり立ち入ったことは聞かないほうがいいかなと考えて、たずねたことはなかったけれど、今日は心の距離を縮めたい思いが先走り、無意識のうちに疑問を口に出してしまった。

「え、これ？」

紺が軽く目を見開いてこちらを見る。

その瞳にさっきまで浮かんでいた仄暗い色が消えていて、こっそり安堵した。

「た、たいしたものじゃないよ……ただの備忘録というか」

「へえ、備忘録かあ。たとえば？」

「いや、あの、し、知らなかったこととか、覚えておきたいこととか、気になった言葉とか、思いついたこととか、適当に……」

「ああ、なるほど、そういう感じか」

どんなことが書かれているのだろう、となんとなく気になり、思わず彼の手もとをじっと見つめる。

するとと彼が、「見る？」とメモ帳を差し出してくれた。

「えっ、いいの？」

「う、うん、ほんと、ただのメモだけど……」

「ありがと！」

わたしはメモ帳を受け取り、視線を落とす。

そこには前に見たのと同じ、丁寧で綺麗で、くっきりと力強い紺の文字が並んでいる。

ぱらぱらとめくってみると、

『シロアリの蟻塚は数十万匹が暮らす小さな大都市。常に新しい空気が循環するように作られていて、内部の温度は一定に保たれている』

『自動車は約三万点の部品から作られている』

『クラゲは泳いでいるのではなく、ただ流れにのって、水中を漂っているだけ。↓流れに逆らわずにひたすら身を任せる生き方も、別に間違いじゃないんだと思った』

本から得た知識と、それについての紺の考えも書かれているようだ。

クラゲのメモには、ぷかぷか浮かぶクラゲの小さな絵が描き添えられていて、なんだかほっこりした。

その中で、ある一枚のメモが、わたしの目を引いた。

『宇宙の広さ＝（観測可能な範囲で）少なくとも138億光年以上（実際にはそれより遥かに大きいと予想される）、銀河系の広さ＝10万光年、太陽系の広さ＝0・000476 3光年。→太陽系しょぼい。宇宙規模で見れば、地球なんて塵以下の存在』

地球なんて塵以下、か。人間から見たら想像できないくらい大きいのに、その地球ですら、宇宙においてはちっぽけな存在なのだ。

わたしがそのメモをじっと見つめていたからだろうか、ふいに紺が口を開いた。

「……それ、いる？」

思いも寄らない言葉にわたしは目を見開く。

「え……」

「あ、いや、き、気に入ったなら、……」

彼はすこし目を伏せて、でもはっきりと続ける。

「瑠璃にとってそれが、なにか心の琴線に触れるものなら、少しでも役に立つものなら、よかったら持っていって」

「……いいの？」

「うん」

紺はメモ帳からその一枚をそっと切り取り、わたしに手渡してくれた。

「……ありがとう」

わたしは紺のメモをぎゅっと胸に押しつけ、それから制服の胸ポケットに大事にしまった。

なんだかそこだけ、やけにぽかぽかとあたたかい気がした。

4章　聖域

*

いつの間にかわたしは、学校に行くのを憂鬱だと思わなくなっていた。

授業中も休み時間も部活中も、相変わらず麗那からの当たりは強くて、腹が立ったり、悲しくなったり虚しくなったりするけれど、その色合いは以前よりもかなり淡くなっている気がした。

昼休みになるとすぐに教室を出て、旧校舎へ急ぐ。

第三講義室には、紺が先に来ていることもあるし、わたしが先のこともある。

ひとつ飛ばした席に座ってお昼を食べながら、ぽつぽつと言葉を交わす。

といっても、いい天気だねとか、最近涼しくなってきたねとか、そういうなんでもない世間話をするくらいだ。

わたしは、たとえば教室や部活での窮状を彼に相談したり、いやなことがあったなどと打ち明けることはない。彼もクラスの話をしたりはしない。

当たり障《さわ》りのない、無意味と言ってもいい、表面的な会話をするだけ。

でも、無意味なことに価値があった。

忘れ去られた世界の片隅のような旧校舎で、彼と一緒に過ごしているだけで、風船の中いっぱいに溜まった膿《うみ》が排出されたように、すがすがしい気持ちになるのが不思議だった。

お弁当のおかずを口に運びながらそんなことを考えていたとき、視界の端で紺がこちらを見て、なにか言ったのに気がついた。

耳を澄ましたけれど、学校裏の道路を走り抜けていくトラックのエンジン音がうるさくて、なんと言ったのか分からなかった。

「ごめん、聞こえなかった。もうちょっと声大きくしてくれる？」

なにげなくそう言うと、彼は申しわけなさそうな、そして傷ついたような顔をした。

「ご、ご、ごめん、お、お、……」

動揺しているのか、いつもよりも言葉がうまく出なくて苦しそうだ。目がうろうろと泳いでいる。

「おれ、こ、こ、声、ち、小さいよね……」

そういうつもりで言ったわけではなかったので、わたしは「えっ？」と動きを止めた。

たしかに紺は声が大きいほうではないけれど、小さすぎるというわけでもない。むしろ、大声で騒ぐ男子がわたしはあまり好きではないから、彼の声の落ち着いたやわらかさは好ましいと思っているくらいだ。

そういう内容を伝えようとわたしが口を開く前に、紺が続けた。

「ひとりごとだとつっかえないから、ひとりごとのイメージでぼそぼそしゃべる癖がついちゃって……」

彼の言葉に、妙に納得した。

彼はいつもうつむきがちに、わたしと目線を合わせることなく、斜め下あたりを見ながらささやくように話すのだ。

はじめのころは特にそういう傾向が強かったと思う。

だから、たまにまっすぐに目が合うとちょっと驚いてしまうし、なんだかどきりとする。

「そっか、ひとりごとは言いやすいんだね」

紺がこくりとうなずいた。

「ひとりごととか、う、歌だと、すらすら言葉が出てくるんだ」

「ふうん……変な病気だねえ」

正直な感想を口に出してしまった直後、ざっと全身の血の気が引く。

また無意識のうちに、相手を不快にさせるようなことを言ってしまった。変とか、病気とか、言われていい気分になる言葉ではない。気をつけようと思っているのに、どうしてわたしは。

でも紺は意外にも、ふっと目を細めた。すこし垂れぎみの目尻がさらに下がり、いつも以上にやわらかい表情になる。瞳が淡く輝く。

「ふ、はは……。そう、ほんと、変だよね」

笑っているのだと気づいて、自分でもびっくりするほど、心臓が跳ねた。

紺の笑顔を見たのははじめてだった。彼はいつも穏やかな表情を浮かべているけれど、わたしの前で笑ったことは、まだなかった。

どきどきしながら彼を見つめていると、でもその笑顔には、暗い影も滲んでいることに気づいてしまった。

「……なんで」

紺は笑いながら、ぽつりと言う。

「なんで、あっ、頭で考えてるときはすらすらしゃべれるのに、く、口に出した途端うまくしゃべれなくなるんだろって、自分でも不思議だよ」

それから、喉につかえていたものをぽろりと吐き出すように、ひとりごとみたいに、彼はつぶやいた。

「……なんで、こんなんなんだろ、おれ……」

ははは、と乾いた笑いが、彼の薄い唇から洩れて、わたしは切なくなった。と同時に、言葉では表現できない、激流のような感情が湧き上がってくる。

「ごめんね。先に謝っとく」

こればかりは、あえて考えずに、思いのままを言葉にして伝える。

「紺はいやかもしれないけど、でもごめん、わたしは、紺の話し方、好き」

彼がすうっと眉を寄せた。きっといやな思いをさせている。胸が痛くなったけれど、これだけはどうしても伝えたい。

「紺の話し方は、すごく優しいから、好きだよ」

きっと彼なりに、つっかえない言葉を探して、苦手な音から言い換えられる言葉を探して、考えながら話すから、なのだと思う。だから紺は、わたしみたいに、考えなしに言葉を吐いて相手を傷つけるような言い方をしたりしないのだろう。それは、紺が悩み苦しんでいる証だから、それを好意的にとらえるようなわたしの言葉は、きっと究極に無神経だ。

分かっているけれど、言わずにはいられなかった。

紺が、自分の話し方を否定的にしかとらえられないのなら、わたしは、全力で肯定したい。

その気もなく相手を傷つけてしまう考えなしの無神経な言葉や、傷つけようという悪意を持って次々に吐き出される醜い言葉より、途切れ途切れでもつかえながらでも、相手のためを思って慎重に選ばれた言葉のほうが、ずっと美しい。

「……あ、ありがとう」

すべてを納得したわけではなさそうだけれど、紺はそう応えてくれた。

それから、その透き通った瞳にわたしを映し、まっすぐに言う。

「お、おれも、瑠璃の話し方、好きだよ」

「……えっ」

あまりに予想外な言葉が返ってきたので、わたしは息を呑んだ。

「わたしの話し方……？　が、『好き』って？」

聞き間違いかと思ってたずね返すと、紺は「ん」と深くうなずいた。わたしは動揺を隠せない。

「え、え？　だって、こんな、……」

うまく表現できなくて、口をひとまず閉じる。

わたしの話し方のどこがいいのだろう。

わたしはこんなに言葉がきつくて、嫌われるような言葉を無意識に言ってしまって、仲がよかったはずの友達と修復不可能なまでにこじれてしまうくらいなのに？

疑いの目を向けるわたしに、紺は「ほんとだよ」としずかに言った。

「な、なんで……？」

なぜか泣きそうになりながら、わたしはたずねる。

「すごく、まっすぐだから、好きだよ」

彼はわたしの視線を真正面から受け止め、ゆっくりとそう答えた。

自分でも理由の分からない涙があふれそうになり、わたしはこらえるのに必死だった。

紺の気持ちをすこしでもやわらげたいと思っていたのに、なぜわたしのほうがそうしてもらっているのだろう。情けない。

ぎゅうっと目をつむり、そっと瞼を上げると、淡く微笑む紺の眼差しに包まれた。

その瞬間、あの日、冷えきったわたしの身体を包んだ、彼の持って来てくれたタオルと服のぬくもりを思い出した。

「――ありがとう」

正直、自分の話し方がいいものだとは思えない。もっと、紺みたいに、優しく、思いやりのある話し方ができるようになりたい。

でも、彼が好きだと言ってくれたことで、すこしだけ、自分を、優しい目で見てあげられる気がした。

「――おれがこんなふうになったのは……」

しばらくして、紺がふと口を開いた。それからひとりごとみたいに、つぶやくようにぽつぽつと語りだす。

わたしは、彼の告白の邪魔にならないように小さくうなずきながら聞いた。

紺が、自分はうまくしゃべれないのだと自覚したのは、小学生になったころだったのだという。

昔の動画などを見返してみると幼稚園児のころにはすでに、幼児らしく言葉がつたないというだけでなく、今と同じように話し出しで言葉に詰まっていたらしい。とはいえ当時は紺自身にはその自覚はなく、困ったこともなかった。

でも、小学生になって、自分はほかの子とは違う、どこかおかしいと気がついた。

自己紹介で自分の名前がうまく言えなかった。

教科書の音読をするときに、読める文字なのになぜか発音できなかった。

自分の意志に反して、口が勝手に「あ、あ、あ、あ」と繰り返してしまい、ふざけていると思ったクラスのみんなに笑われてしまった。

そういうふうに同じ音を繰り返してしまうのは、連発と呼ばれる症状らしい。紺の場合は、連発しないようにしなきゃと思うと、苦しい顔になってしまうのだという。それをまた周囲の子どもたちに笑われてしまった。

その話を聞きながらわたしは、自分の小学校時代のことを思い出していた。そういえば、低学年のころ、国語の授業の音読が苦手なのか、ひどく小さい声でぼそぼそと読み、しかも何度も引っかかってしまう子がいた。あまりにも時間がかかるので、みんなざわざわしはじめ、引っかかるたびに笑う子もいた。たぶん、わたしも笑ってしまったことがあると思う。

それはべつに馬鹿にしたりとか、からかったりとか、そういうつもりの笑いではなかった。ただ、目の前でなにかいつもとは違う、普通とは違うことが起こって、それがびっくりしておかしくて、驚きとともに思わず笑いがもれてしまう、というような。

たとえば仲のいい友達と一緒に道を歩いていて、自分もしくは友達がいきなりつまずいたら、だれだって笑うだろう。その程度の、悪気などあるはずもない、反射的で原始的な笑い。

そういう明確な悪意のない、笑った側にとっては無意識の笑いが、笑われた側にとっては心の奥深くに突き刺さって抜けない棘にもなりうるのだ。

そういうものに、紺は傷つけられてきた。

自分にとって特別な存在である彼を傷つけた人に怒りを覚えているわたし自身も、きっといつかどこかでだれかを、知らぬ間に傷つけてきている。

紺は、言葉に詰まってしまったり、しゃべろうとして表情が歪むのを友達に見られてしまったりすることへの不安から、人前で話すのが怖くなった。そのせいで人と接すること自体を避けるようになったのだという。

それで今も教室にいたくなくて昼休みはここに来るのか。そう訊きたい気もするけれど、それを知ったところでわたしになにかできるわけでもなく、ただの好奇心で知りたいと感じているだけのような気もするし、紺がいやがるかもしれないことを訊きたくない。

紺に嫌われたくない。だから、ちゃんと考えてから話さなきゃ。

彼と過ごす時間は、肩の力が抜けてリラックスできる一方で、そういう微かな緊張も伴っていた。そしてその緊張感は、以前よりもさらに強まっている気がした。

「……なんかすごいしゃべっちゃったな……。あ、そうだ、今日のメモどうする？」

紺がすこし苦く笑い、話題を切り替えるように言ったので、考えに沈んでいたわたしは我に返った。

あの日から、毎日一枚ずつ紺の書いたメモをもらうのが決まりのようになっていた。

彼がその日書いたものやこれまでに書き溜めたものの中から、わたしの気に入ったものだったり、わたしが気に入りそうだと彼が判断したものだったりを、一枚メモ帳からちぎってくれるのだ。

最初はなんだか申しわけないなと思っていたけれど、今は旧校舎で過ごす時間の締めくくりとして、今日も紺と過ごした証として、わたしにとってとても大事で特別なものになっている。

「じゃあ……これ、もらっていい？」

わたしが指差したメモを見て、紺が目を丸くする。

「そ、そんなのでいいの？　それ、本に載ってた情報じゃなくて、ネットでたまたま見かけただけの、都市伝説みたいなやつだけど……いい？」

「うん、これがいい」

彼はそっかとうなずき、メモをちぎってくれた。

「じゃあ、どうぞ」

「ありがとう！」

わたしは紺の書いた文字をじっくり見つめる。

『人生でなんらかの接点を持つ人は、三万人。学校や仕事を通じて近い関係になる人は、三千人。親しい会話ができる人は、三百人。友達と呼べる人は、三十人。親友と呼べる人は、三人』

もちろんこれはおおよその数で、住んでいる地域の人口や職種による個人差は大きいだろう。

でも、生きていく上でわたしは三万もの人と接点を持つのだと思うと、なんだかすこし視野が広がる気がする。

今わたしが関わっている人なんて、生涯で関わる人たちのほんの一部なのだ。

つまり、あの三人は、わたしの人生のたった一万分の一。

「……あっ。ごめん、ちょっと書き足してもいい？」

ふいに紺が言ったので、なにか書き漏らしたことでもあるのかと思い、わたしはメモを彼の手に戻した。

紺がペンでなにかを書き込み、それからメモを小さく折りたたんだ。

「……なにか困ったことがあったら、見てみて」

そう言った彼の頬が、すこし赤く染まっているように見える。

わたしもすこしどきどきしながら、「分かった、ありがと」と受け取り、いつものように胸ポケットにしまった。

*

二時間目のあとの休み時間は、ほかの休み時間に比べて長いので、いつも持て余す。

だれとも話さないし、かと言ってぼうっと座っているとまわりからの視線が痛い気がするし、なにか勉強をしているふりをするしかないのだけれど、やることがないときはそれが面倒だった。

その日は朝から麗那の機嫌が悪く、いつもよりも陰口がきつかった。

「あいつ、体育の授業のとき、早めに行って準備手伝ってたよ。あれ、体育の先生に媚売るためだよね。さすがいい子ぶりっこー」

また、そんな根も葉もないことを、いやみたらしい口調で言っているのが聞こえてくる。

今日の一時間目が体育だった。わたしはただ麗那たちと一緒になりたくなくて早足で更衣室に行き、一刻も早く出たくて急いで着替え、時間をつぶすところもないのでそのまま体育館に直行した。そうしたらたまたま先生が準備をしているところだったから、黙って見ているのも気まずいし、手伝いを申し出たというだけのことだ。それを媚びているだのいい子ぶりっこだのと言われてしまうのなら、わたしはどうすればいいのか。

さすがにあの日のように、水をかけられたりするような直接的ないやがらせはないものの、相変わらずこのような陰湿なやり方をされている。

「はあ……」
知らず、溜め息が洩れた。
気がつくとわたしの手は胸ポケットの上に当てられていた。
布越しに、紺の言葉に触れる。ぬくもりが伝わってくる。
「ほんとうざーい」
耳に飛び込んでくる麗那の声が、雑音に聞こえる。
うるさいなあ。まあいいけど。勝手に言ってれば。
あんたなんか、わたしにとっては、三万分の一なんだから。
そう思えただけで、憂鬱に沈んでいた気持ちがすこし浮上した。
メモを取り出し、そっと開いてみる。
そこで、紺が書き足していた言葉を見つけて、わたしは息をのんだ。
『大丈夫。瑠璃はひとりじゃない』
優しくて、力強い文字。
なんだ、こんなこと書いてくれてたのか。気がつくと唇に笑みが浮かんでいた。
早く紺に会いたいなあと思う。

紺に会って、なんでもない話をして、心に溜まったどろどろの気持ちを洗い流したい。昼休みが待ち遠しい。

でも、ふと気がついてしまった。べつに昼休みを待つ必要はないじゃないか。同じ学校内にいるのだから、いつでも会いに行けるじゃないか。

そう思いついてしまったら、どうしてわざわざ居心地の悪い教室にいるのか分からなくなって、気がつくとドアから廊下へ出ていた。

「また逃げた。うける」

麗那の嘲笑が聞こえたけれど、今は紺のことで頭がいっぱいだった。

二号館に足を踏み入れたのは、はじめてだった。

二号館には一部のクラスの教室があるだけで、特別教室などはないので、来る用事がない。ほかのクラスに入るだけでもなんとなく居心地が悪いものなのに、ほかの校舎となると、ひどく落ち着かなかった。

一号館と同じように二年生の教室は二階にあるはずなので、階段をのぼる。手前にあるのはF組だった。その奥にG組、H組。紺はG組だと言っていた。

廊下には生徒があふれている。なじみのない顔ばかりだ。見られている気がした。たぶん、普段この校舎にいる生徒ではないことは、なんとなく分かるのだろう。

見知らぬ視線を浴びる気まずさから、わたしはすこし顔を伏せてF組を素どおりして、G組の後方ドアの前で足を止めた。

行き交う生徒たちの隙間から、中の様子をうかがう。でも紺の姿はなかった。どこかへ行っているのかと思って一、二分待ってみたものの、戻ってこない。もしかしたら今日は欠席しているのかもしれない。あとは、G組というのはわたしの聞き間違いだった、という可能性もある。

だれかに訊くのがいちばん手っ取り早い。でも、見るかぎりでは、教室内にはわたしの知り合いはいなかった。

どうすればいいか分からなくなり、廊下の片隅に立ちすくむ。そうしている間にも、目の前を通り過ぎていく生徒がちらりとこちらを見たりするので、いたたまれない。

以前のわたしなら、きっと、そのへんにいる適当な人に声をかけて、「五十嵐紺はどこ?」などと訊くことができただろう。でも、今は、知らない人に話しかけるのが怖いと思うようになった。こいつだれ?とか、図々しいやつだなとか、忙しいのに邪魔すんなよとか、思われてしまうんじゃないか。そんな危惧《きぐ》が湧いてきて、声をかけられない。人見知りってこういう気持ちなんだろうか。

わたしはいつの間にか他人を信じられなくなってしまった。相手にどう思われるかを考えると、恐怖で足がすくみ、うまく声が出せなくなるのだ。

そしてそれは、どんなに頭で冷静に考えても、大丈夫だと自分に言い聞かせても、自分ではどうにもならないくらい、根深い恐怖と不安だった。

今は諦めるしかないか。そう思って一号館に戻ろうと踵を返し、隣のF組の教室を通りかかったとき、

「あっ、香月さんだ。久しぶりー」

聞き覚えのある声がわたしを呼んだ。振り返って見ると、一年生のとき同じA組で、たまに話していた内野《うちの》さんだった。

心臓がばくばくと暴れはじめる。緊張しながら、どんな顔でどんな反応をすればいいのか、瞬時に頭の中で考える。

その間にも、内野さんは当たり前のように笑顔で手を振りながら近づいてきた。二号館の校舎の人たちは、わたしがクラスや部活で置かれている状況を、まだ知らないのかもしれない。だから普通に声をかけてくれたのか。

でも、もしかしたら彼女はすべてを分かった上で、同情し憐れんでいるのかもしれない。

だとしたら、わたしはどんな感じで話せばいいのだろう。どんな顔で対応するのが正解だろう。

仲間はずれにされて傷ついている感じ？　居場所がなくて可哀想な感じ？　でも、そういう弱みを見せるのはいやだ。

あるいは彼女は実はわたしを嫌っていて、友達に裏切られたわたしを蔑んでいるという可能性もある。小馬鹿にするために話しかけてきたのかもしれない。それならわたしは絶対に可哀想な感じは出したくないし、なにもなかったころ、去年と同じようなわたしで対応したい。

というか、去年のわたしって、どんな感じだったっけ。分からない。

もしも彼女がなにも知らないとしたら、去年とはぜんぜん違う感じで話してしまったら、おかしく思われるんじゃないか。

だめだ。どのような態度をとればいいのか、どんな自分を演じればいいのか、正解が分からない。

迷いを抱えたまま、わたしはとりあえず笑みを浮かべ、おそるおそる口を開く。

「内野さん、久しぶりだねー」

彼女がにこっと笑って、

「校舎違うと、ぜんぜん会わないよねー」

と屈託なく応えたので、やっぱりなにも知らないらしいとほっとした。

と同時に、それではちゃんと去年の自分のように振る舞わねばと思い、急激な緊張感に包まれる。

「二号館になにか用事?」

なにげない感じで問われて、迷った。紺のことをたずねるかどうか。変に思われないだろうか。

「……あー、うん、あの……」

でも、これは貴重なチャンスなんだから、と自らを奮い立たせて、意を決して口を開く。

「五十嵐って人を探してるんだけど、知らない？　五十嵐紺っていう……」

その名前を口にした途端、内野さんの目が大きく見開かれた。

「えっ……」

戸惑ったように、怪訝そうに、わたしを見ている。

その反応に、わたしの言動がなにかおかしかったのかと不安を覚えたのもつかの間、彼女は声をひそめて言った。

「それって、去年、旧校舎の屋上から飛び降りて死んじゃった人でしょ……？」

「………え？」

一瞬、意味が分からなくて唖然とした。

次の瞬間、ぞわっと背筋が寒くなり、全身に鳥肌が立つ。

「……ごめん、人違いだ」

へへ、と作り笑いをして、わたしは内野さんに「ありがと」と手を振り、急いで駆け出した。

転びそうになり、壁に手をついてなんとか立て直した。

よろよろしながら廊下を抜ける。

足が震えて、うまく走れない。

*

五十嵐紺は、旧校舎の屋上から飛び降りて死んだ――。

二号館を飛び出し、渡り廊下を駆け抜けながら、頭の中ではぐるぐると、さっき聞いた言葉が回っていた。

そして、思い出したひとつの出来事。

去年の秋、授業中の教室の窓からちらりと見えた気がした、なにかが落ちていくような黒い影。

その翌日、男子生徒が旧校舎の屋上から飛び降りたらしい、という噂が、生徒たちの間でひそやかに流れた。

もしかして昨日見たあれ？　と一瞬ぞわっとしたけれど、でも聞こえてきたのはあくまでも噂で、かなりぼんやりした内容だったし、先生たちはなにも言わなかったし、なんの発表もなかった。だからわたしはただの噂だろうと判断した。

高校生たちはいつも噂話のネタを探していて、話を広げられそうな種を見つけたらすぐに飛びつき、水をまき急速に育てようとするものだから、飛び降りなんて非現実的な話もそのひとつだろうと思ったのだ。

屋上からなにか黒いものが落ちたのを、わたしと同じようにたまたま見ただれかが学ランと見間違って、男子生徒が飛び降りたように見えたとだれかに話し、それが噂として尾ひれをつけられながら広まった。

そういうような話だろうと思っていた。だから、すぐに興味を失い、忘れてしまった。

でも、あれは、わたしの見間違いではなかったのか。本当にだれかが飛び降りたのか。

そして、それは、紺だったというのか。

寒くはないのに、震えが止まらない。

紺は死んだの？　死んでたの？

じゃあ、旧校舎で会った彼は、なに？

あれは、だれ？

幽霊――そんな言葉が頭に浮かんで、離れなくなった。

旧校舎の屋上から飛び降りて死んだはずの人が、なぜか旧校舎に姿を現す。

もしかして、地縛霊というやつなのだろうか。紺は幽霊なのだろうか。

はじめて出会ったころの、足音も立てずに歩き、こちらに目も向けずに椅子に腰かけ、しずかに座っている姿を思い出した。

そして、今にも透き通って消えてしまいそうな淡い眼差し。

幽霊なんだと言われたら納得してしまうような、なんとも儚い雰囲気が、彼にはたしかにある気がする。

でも、そんな。

優しい目を細めて、やわらかく微笑む彼の顔が、ふっと思い浮かぶ。

そんなはずない、と思った。彼が死んでいるなんて、ありえない。

だって、わたしが濡れているのを見て、タオルを貸してくれた。ジャージを借りてきてくれた。最近はわたしと普通に会話をしている。メモを書いて渡してくれる。幽霊にそんなことができるはずがないじゃないか。

そのとき、はたと思い当たった。内野さんが言っていたのは、『五十嵐紺』という名前の人物が死んだということだけだった。それがわたしの知っている彼だとは限らないのだ。

もしかしたら、なにか事情があって、彼は五十嵐紺という別人の名前を名乗っているのかもしれない。

そう思いついたら居ても立ってもいられなくて、わたしは職員室のほうに足を向けた。

たしか、職員室前の壁に、全校生徒の入学時の写真が貼り出されていたはずだ。早く顔と名前が一致するようにという配慮から、名簿も一緒に貼られていた記憶がある。

それを見れば、分かるはず。彼は『五十嵐紺』ではないと。亡くなってしまったのは、彼ではないと。

一縷の望みにすがり、ひらすら走る。全速力で廊下を駆け抜ける。

心臓が破れそうに暴れているけれど、気にせず走る。バスケの試合の後半くらいのきつさだったけれど、足は止めない。

職員室前の廊下に辿りつき、壁の掲示板を見た瞬間、あった、と心の中で叫んだ。去年の入学式のときに撮影された全クラスの集合写真が、まだ貼られたままになっていた。

今よりもすこし幼い顔つきをしている同級生たちの中から、紺の顔を探す。

すぐに見つかった。F組と書かれた集合写真の、いちばん下の列の左端。

写真撮影のときの並びは出席番号順なので、一年F組一番ということだ。

心臓が張り裂けそうだった。

信じられないくらい激しく鼓動する胸を、服の上からぎゅうっとつかみ、真下に貼られている名簿を見る。

『一番　五十嵐紺』。

その名前が目に入った瞬間、わたしは廊下にへたり込んだ。

頭が真っ白で、なんにも考えられなかった。

そのときちょうどチャイムが鳴ったので、のろのろと立ち上がり、呆然としたまま、教室へ向かった。

＊

紺は、本当に幽霊なのだろうか。

授業の間ずっとそればかり考えていて、ぼんやりしていたら先生から注意され、麗那の嘲笑が聞こえたけれど、そんなことはまったく気にならないくらい、紺のことで頭がいっぱいだった。

昼休みになり、旧校舎へ向かう。

動悸が激しすぎて、なぜかずっと吐き気がしていた。

第三講義室に着くのが、いつもより数分遅くなった。

ドアの前に立つと、まさに口から飛び出しそうなくらいに激しく心臓が暴れだした。胸の内側からこぶしで殴られているみたいだ。

不安とも恐怖ともつかない暗い感情がこみあげてくる。

身体全部が心臓になったみたいに、全身が震えていた。

でも、ずっとこうしているわけにはいかない。

わたしは吐きそうになりながら、のろのろと手を上げてノブをつかみ、ひとつ息を吐いてから、ひと思いにドアを開けた。

「——あ。瑠璃」

紺がいた。

「おはよう」

くったくのないその笑顔を見た瞬間、ふうっと全身の力が抜ける感じがした。

ああ、いいや。

べつに、どうでもいいや。

はっきりと、そう思った。

どうでもいい。

なんでもいい。

紺が幽霊だろうが、なんだろうが、わたしにはどうでもいい。

紺が紺として、ここにいてくれること、わたしと一緒に過ごしてくれることこそが、たったひとつの大事なことだから。

それ以外のことは、本当に、どうでもいい。

なんだっていいよ、幽霊だっていいよ、あなたが紺なら。

「――おはよ、紺。今日もいい天気だね」

身体の内側から湧き上がってくる喜びと安堵の笑みを、わたしはそのまま顔に浮かべた。

「なんか、いいことあった？」

紺が目もとをやわらげて、すこし首をかしげてたずねてくる。

わたしは、うん、と笑って答えた。

「すっごくいいこと。秘密だけどね」

「ええ……気になるなあ」

「ふふっ、内緒だよ」

わたしと紺が見つけた、しずかな聖域のようなこの場所を、だれにも、なににも、侵されたくない。

だから、なにも知らなかったことにする。なにも見なかったことにする。

それが、この場所を守ることになるはずだ。

5章 水槽

「だいぶ涼しくなってきたよね」

　お弁当を食べ終えたわたしが、椅子に横向きに座って振り返り声をかけると、紺は小さく微笑んでこくりとうなずいた。紺は最近、よく笑ってくれる。

「でも、こっここは日当たりがいいから、あ、あったかいね」

「そうだね、ここ、ほんとあったかいよね」

　うん、と答えた彼は、窓から入ってくる午後の陽射しの中で、白っぽく浮かび上がるように光って見える。

　そうしていると、本当に幽霊という感じがした。

　昼休みを旧校舎で過ごすようになってから、気づけば一ヶ月が経っていた。

　前日の部活や、午前中の教室で、どんなに冷たい視線や嘲笑や言葉を浴びていても、このぽかぽかと日の当たる第三講義室で、あたたかくやわらかい時間を紺とともにすることで、負の感情が洗い流されるような、一度すべてがリセットされるような感覚になる。そして、午後もがんばろうという気持ちになれるのだ。

＊

わたしにとって欠かせない時間。

ここは不思議な場所だ。学校にいるということを忘れてしまうくらい、外界から隔絶されている感じがする。

時間の流れがほかの場所とは違ってゆっくり流れていて、空気も違って澄みきっていて、目に映る世界の色すら違うような、世界にふたりだけで立っているような。

なにかに似ているなあと思っていて、ふと思い出した。小さいころ家にあった水槽だ。

一時期お父さんが熱帯魚の飼育にはまって、家の玄関脇の棚の上に、大きな水槽が置かれていた。

青や赤や黄色、白に黒に透明も。大きさも形もちがういろんな色や柄の小さな魚たちが、明るい蛍光灯に照らされながら、緑の水草の間をひらひらと泳いだり、岩陰に身をひそめてゆらゆらとひれを動かしたりしていた。可愛くて、綺麗で、いつまでも見つめていられた。

魚たちは外の世界になんて一ミリも関心がないように、自由に過ごしていた。

わたしは好きなときに眺めたり気まぐれに餌をあげたりするだけだったけれど、主に魚たちの世話をしていたお母さんは、世話が大変だとお父さんに訴えていた。ただでさえ家事や育児でばたばたしているのに、さらに日々の餌やりや手入れや掃除までしていられないと。

かといって仕事でほとんど家にいないお父さんは世話をすることができず、いつの間にか水槽は、熱帯魚ごと消えてしまった。知り合いのだれかに譲ったのだとあとから知らされて、悲しかったのを覚えている。

今でもときどき、あの水槽を思い出す。夢のように綺麗で、時間の流れを忘れるくらいにゆったりしていて、幻想的な光景。水槽の外で起こっていることなど無関係な顔で泳ぐ魚たち。

世界から忘れ去られたような、ほかから隔絶された空間。

紺とふたりきりで過ごすこの場所は、まさに水槽のようだった。

「紺、今日はなに読んでるの?」

いつものようにたずねてみると、紺がこちらを見て答えた。

「き、恐竜図鑑……」

「へえ、恐竜かあ」

申しわけないけれど、まったく興味がなかった。幼稚園のころ、男の子たちが恐竜の絵本を読んでいたのを横目に見ていたくらいで、テレビで特集番組などがあっても子どものころはなんだか怖くてスルーしてきたし、ほとんど触れたことのないジャンルだ。

「みっ、見てみる？　お、おもしろいよ」

紺が微笑んで本を差し出してくれた。

「いいの？　ありがと。じゃあ、ちょっと見てみようかな」

有名どころだとティラノサウルスとかトリケラトプスとかだっけ、と思いつつ軽い気持ちで受け取り、ページを開いてみる。

でも、最初の五、六ページをめくった時点で、思わず目を丸くした。

「え……っ、ちょっと待って」

いちばん最後の索引のページを開いて、さらに驚愕した。

まったく聞いたこともない恐竜が、たくさんいる。というか、ほとんど知らない、九十九パーセント以上が知らない恐竜だった。

顔を近づけないと読めないくらいの小さな文字で名前が羅列された索引だけで数ページもあるのだ。

「待って待って、恐竜ってこんなにたくさんいるの？　十種類とか二十種類とか、多くても五十種類くらいと思ってた！」

驚きのあまり興奮しながら言うと、紺がふはっとやわらかく噴き出し、「めっちゃ多いよね」と笑った。

「八百種くらい発見されてるらしいよ。い、今でも毎年新しい恐竜が発見されて、最終的には二千種類くらいになるかもしれないとか……」

「二千！　なにそれ、壮大すぎる……」

ひえぇ、とひとりごちつつ、最初のほうに戻ってページをゆっくりめくっていく。

アンキロサウルス、パキケファロサウルス、ヴェロキラプトル、モササウルス、パラサウロロフス……。絶対に一度も名前を聞いたことがないと自信を持って言えるし、実際、写真を見てもまったく見覚えがない。それなのに、プテラノドンレベルで大きい写真が掲載されているし、名前も太字で書かれているところを見ると、たぶん恐竜好き界隈では人気の種類なのだろう。

わたしが知っていることなんて、世界のほんの一部だけなのだ。当たり前だけれど、しみじみと実感する。

わたしが露骨に感銘を受けていたからか、紺がメモ帳に『恐竜の種類＝八百種（将来的には二千種？）』と書いてくれた。

「ち、ちなみに、昆虫って世界中で何種類くらいいると思う？」

紺がそうたずねてきたので、わたしは「ええー……」と首をひねる。

「虫かあ、めっちゃいるよね……」

身近な虫で、すぐに思いつくものを頭に並べてみる。

チョウにハチ、セミやアリ、バッタ、トンボ、カマキリ、カブトムシにクワガタ、コオロギやキリギリス……ほかにもたくさん。

しかも、アゲハチョウにモンシロチョウ、ミツバチやスズメバチなど、同じ虫の中にも色んな種類があるわけで。恐竜と同じく、虫に対してさほど関心のないわたしが知っている虫なんて、ほんの一部だろうし。

そう考えると、すべての虫の種類となると、百や千ではきかないだろう。

「……何千種類もいそうだね。五千とか、もっと……？」

するとと彼はにこりと笑った。

灰色の瞳が、すこしいたずらっぽく、きらりと輝く。

紺は、驚くような話を教えてくれるとき、いつもこういう嬉しそうな、得意気な子どもみたいな目をする。

「哺乳類は約六千種、鳥類は約九千種で、昆虫はだいたい百万種だって」

わたしは自分の耳を疑った。思わず耳に手を当てて聞き返してしまう。

「えっ、なんて？　百万？　ちょっと待って、桁違いすぎない？」

びっくりしすぎて笑えてきてしまい、声が裏返るほどだった。

「あ、あれだけたくさんいる魚類でも、約三万種らしいから、こ、昆虫は本当にすごいよね」

先週の水曜日、紺は『釣魚図鑑』という、数百種類の魚の生態や、どこの海でどんな魚が釣れるかなどが地図や写真つきで解説されている本を読んでいた。

横から見ていたわたしは、

『知らない魚ばっかり。魚ってそんなに種類あるんだね』

と驚いたのだった。それでも釣魚図鑑に載っているのは魚類のほんの一部だと聞いてさらに驚いたのだけれど、昆虫はそれをはるかに上回る種類がいるのだ。

「それでね、じゃあ地球上にいったい何匹の虫がいるかって気になってネットで調べてみたんだけど、ア、アリだけでも二京匹って推測されてるらしい」

「『京』!?」

小学校の算数の教科書に「大きな数の数え方」として載っていて、面白がる子どもたちの間で流行し一世を風靡した「京」という馴染みのない単位が、まさかこんなところで活躍しているとは思わなかった。

「京ってちゃんと使われてる単位だったんだ……。なんか伝説上の生き物くらいのイメージだった」

「それ、おれも思った」

と紺がくすくす笑う。

「アリだけで二京って、じゃあ、昆虫全部合わせたら……」

もはや想像できない数になることは間違いなさそうだ。

「まあ、すべての虫の個体数を調べるなんて現実的じゃないから、全部推計なんだけど。い、一説には、昆虫は一千京匹、つまり一兆の一千万倍の数いるとか、人間の二億倍の数の昆虫がいるとかって書かれてたよ」

「一兆の一千万倍……」

いちおう具体的な数なのに、とんでもない数だということしか理解できない。億のほうがまだ馴染みのある単位ではあるけれど、

「世界の人口ってたしか七十億……いや、今は八十億人だっけ？　八十億の二億倍かあ……」

億倍などと言われてしまうと、結局想像が及ばない次元だった。

こうやって紺が教えてくれる話を聞くたびにわたしは、世界、という普段なにげなく使っている言葉の、その広さと深さに思いを馳せる。

彼が講義室に持ってきて読む本のジャンルは、多岐にわたった。細かいところまでじっくり読むというよりは、今日はこの本と決めてぱらぱらとめくり、気になるものがあれば手を止めるという感じだ。

ちゃんと読まなくていいの、と訊いたら、同じ本を何度も読むからこれくらい軽い感じでいいのだと言っていた。

動物、植物といったわたしも読んだことのあるようなものから、鳥類、爬虫類と両生類、菌類といった、そんな図鑑もあるのかと驚くようなものまで。

ほかにも、海洋生物、深海生物、水生生物、昆虫、古代生物、絶滅生物など、生きもの系が多かった。

でも、それだけでなく、車や鉄道、化学実験、化学反応、岩石・鉱物、地図・海図、世界の言語、世界の宗教、海図、天体、宇宙、絵画、仏像、妖怪などといったものもある。とにかく幅が広いし、この世にはそんなにたくさんの種類の本があるんだなと驚いた。

この前、釣魚図鑑を読んでいた紺に『釣りが好きなの？』と訊いたら、ふるふると首を振って『やったことない』と返ってきたので、わたしは『ないんかい』と笑ってしまった。今のところやってみる予定もない、と言っていた。本当に、ただ本を読んでいろいろなことを知るのが好きなだけなのだ。

興味があるから読むというよりは、『どんな項目や内容が載っているのかすら見当もつかないから読む』のだという。

「知らないことすら知らなかったものが、こ、こんなにたくさんあるのかって、なんか感激するよね」

紺は目を輝かせてそう言った。

「なんだっけ、『無知の知』っていうやつだね」

たしか倫理の授業で習った単語を思い出したので、そう口に出してみると、

「そんないいもんじゃないけど……」

彼はふっと瞬きをする。

「お、おれはあまりにも狭い世界で生きてるから、こういう本を読んでると、『世界ってなんて広いんだろう』って、目が覚めるというか……」

「うん、すごく、分かる」

わたしが抱いている感慨と同じものを彼も抱いているのだと分かって、なんだかくすぐったく、嬉しかった。

紺がメモ帳に『世界は広い』と書き込んだ。

わたしはこれまでに紺が見せてくれた本や、メモに書かれていた内容を思い返しながら、目の前のページをめくる。

どの本も、あまりにもたくさんの情報が、どのページを見ても無数の写真と細

かい字で、余白を埋めるように、これでもかというほど詰め込まれていて、知らないことしか載っていないと言っても過言ではないほどの濃密さだった。

たとえば、犬とか猫とか象だとか、身近でよく知っている気がする生きものについてすら、知らないことはたくさんあった。だから、紺の持ってきた本を見るたび、わたしはいつも、世界の広さを思い知らされる。

世の中には、わたしの知らないものがたくさん、本当にたくさんある。きっとわたしはこの世界の〇・〇〇一パーセント以下くらいしか知らないのかもしれない。いや、もっともっと少ないのだろう。

そういうふうに考えたら、途方もない世界の広さに圧倒されると同時に、わたしたちはなんてちっぽけな狭い場所で、一喜一憂して右往左往しながら生きているのだろうと、すこし馬鹿らしくもなる。

知らないことすら知らないから、ぼんやり生きていたら気づかない存在。でも、紺が見せてくれる本のおかげで、知らなかったものの端っこに触れることができる。そうして世界の広さを実感できる。

現実世界の広さを知ると、自分の世界の狭さ、自分の存在の小ささを知ることができる。自分の気持ちも悩みも葛藤も、信じられないくらいちっぽけで些細なものに思えてくる。

それが、今のわたしにとっては、救いだった。

紺がわたしに見せてくれる世界の広さが、そこから実感する自分の小ささが、救いだった。

ページを閉じて、彼を見つめる。

「すごいよね。お、おもしろいよね」

驚きを共有できたことが嬉しいのか、いつもよりも目尻が下がり、優しい笑いじわができている。

「うん。見せてくれてありがとう」

図鑑を返すと、紺はさらに笑った。

重たい前髪のカーテンの向こうでかすかに、でもたしかにきらめく、淡く綺麗に澄んだ灰色の瞳。陽の当たる場所にいるせいか、その瞳は今、銀色に輝いているようにも見えた。そのまま吸い込まれてしまいそうな気持ちになる。

紺はすごく綺麗な人だ。内側だけでなく、外側も。

いつも髪で隠されているけれど、よく見るととても整った端正な顔立ちをしている。大きな目も、細い鼻筋やあごも、薄い唇も、白くてなめらかな肌も、どこを見ても綺麗だ。それに、手足が長くてスタイルもいい。たとえば紺が絵のモデルになったら、とても美しい絵ができあがるだろうと思う。

せっかく綺麗なのに隠れているなんてもったいないなと思うけれど、でも、自分の持っている素敵なものを見せびらかさないのが紺らしいなとも思う。ただ本人は気づいていないだけかもしれないけれど。そういうところも紺らしい。

じっと見つめていると、窓の光に照らされる彼の輪郭が滲み、薄れていくような錯覚に陥った。

ふと、気づいてしまう。

もしも、紺が、本当に幽霊なのだとしたら――。

いつか、消えてしまう日がくるのだろうか。

ある日突然、なんの前触れもなく、わたしの前からいなくなってしまうこともあるのだろうか。

背筋が寒くなった。想像しただけで怖かった。

幽霊だってなんだっていいと思っていた。けれど、もう二度と会えなくなるとしたら、それはいやだ。怖い。

だから、根拠もない不安は頭から振り払い、考えないことにする。

*

五時間目は芸術で、教室移動があるので、すこし早めに切り上げることにした。

旧校舎の出口で、手を振って紺と別れる。紺は二号館のほうへゆっくりと歩いていった。

わたしも教室に戻ろうと一号館に向かって歩きだしたとき、

「あいつ、だれ?」

ふいに背後から声をかけられて、びくりと肩が震えた。間違いなく、彼女の声だ。

ゆっくりと振り返ると、やっぱり麗那だった。珍しく美優たちは一緒にいなくて、ひとりだ。こちらになにか用事でもあったのだろうか。

「さっき、男子といたでしょ」

麗那は二号館のほうをちらりと見て言った。

そのときまずはじめに思ったのは、『麗那にも紺が見えるんだ』ということだった。

紺はわたしだけに見える幽霊なんかじゃないんだ。

ほっとして肩の力をゆるめる。

「男子と一緒にいたでしょって訊いてんの。無視すんなよ」

麗那が苛立った口調で言った。なんだか機嫌が悪そうだ。面倒なものには関わらないに限る。

「さあね」

わたしはそっけなく答えて、そのまま横を通り過ぎようとした。

そのとき、麗那がにやにやしながら言った。

「なに、彼氏？　最近やけに浮かれてるなと思ったら、そういうことか」

浮かれてる、という言葉に、わたしは思わずぴたりと足を止めた。

えっ。浮かれてる？　わたしが？　むしろいやな思いしてばっかりですけど、あんたのせいで。

なにを言っているのだろうと怪訝に思った直後に、いやたしかに浮かれていたかもしれない、と思った。

昼休みが来るのが毎日待ち遠しくて、四時間目の終わりのチャイムが鳴ったら、いそいそとお弁当を持って教室を出ていた。あれはたしかに、はたから見れば『浮かれている』状態そのものだろう。

今さらながらに気がついて、恥ずかしさが込み上げてきた。

でも、違うものは違うと否定しないといけない。

「彼氏って……そんなんじゃないよ。べつに付き合ってないし」

目線を合わせないようにそっぽを向きながら答えた。

しっかりと相手の目を見て話すことができる、と小学生のときの通知表に書かれていたのを、ふと思い出した。そう言って褒めてもらえることも多かった。

いつの間にわたしは、人と目を合わせるのが怖いと思うようになってしまったのだろう。

切なさとも寂しさともつかない薄ら寒い感情に包まれたとき、

「へえ、彼氏でもない男子とふたりでごはん食べてたんだー」

麗那があざ笑うように言った。

「さすが男好きだねー」

わたしを傷つけようとして吐かれた言葉だ。分かっているのに、やっぱり腹が立ち、いらいらしてしまう。

「べつに、付き合ってなくても一緒にしゃべることくらいあるでしょ。なんでも恋愛に結びつけるの、どうかと思うけど」

苛立ちにまかせてひと息に言ってしまってから、あっやばいと思った。

まるで以前のわたしだ。思ったことをすぐにそのまま、言い方も考えずに言葉にしてしまった。

紺と気ままに過ごした直後だったから、まだ切り換えができていなかったのだ。

案の定、麗那はかっと目を見開き、

「調子乗ってんなよ」

と低く唸るように言った。

彼女が一歩踏み出して近づいてきた。以前のわたしなら微動だにせず受け止めただろうけど、今は、足が勝手に一歩後退する。

「マジで最近調子乗りすぎ。ムカつく……」

「………」

麗那がわたしを睨み、ちっと舌打ちをした。

まだなにか言われるのかと覚悟したけれど、彼女はどんっと肩をぶつけて、廊下の奥のほうへと歩きだした。

「あーもう！　ムカつくムカつく！」

そんな叫びを残して。

全身の力が抜け、立っているのがしんどくなり、渡り廊下の壁に背をもたれて、はあああと溜め息をついた。

旧校舎で浄化されたはずの心に、再びどろどろとした感情が甦ってくる。

汚れて、綺麗になって、また汚れて、……。

最近ずっとこの繰り返しだ。いつまでこんなことを繰り返さないといけないのだろう。いつになったら終わるのだろう。

麗那が飽きるまで黙って耐えればいいと思っていた。でも、いつまで経っても終わりが見えてこない。

「疲れるなあ……」

だれにも届かないつぶやきが、宙をふらふら漂っていた。

＊

その日を境に、終わりが見えてくるどころか、麗那からのいやがらせはどんどんエスカレートしていった。

これまでは、突き刺すような視線と嘲笑、わざと聞こえるように吐かれる陰口、という精神的な攻撃が主だったのに、毎日のように物理的な攻撃をしかけてくるようになった。

きっとペンケースを捨てたりトイレで水をかけたりしたことで、一線を越えることに抵抗感がなくなったのだろう。

机の上のものを落とす。すれ違いざまに身体を強く当てる。部活のゲーム中に足を踏む。シャーペンや消しゴムを捨てる。教科書や資料集に落書きをする。

ノートの板書をうつしたページを破る。

さすがにこういった証拠の残るいやがらせはやりすぎだと思ったのかもしれない、美優たちもすこし麗那と距離を置きはじめたように見えた。

美優は以前のように麗那とべったりくっつかずにほかの子と話すことが増え、部活のときも梨乃とふたりだけで話しているところをよく見る。梨乃もクラスには来なくなった。

いつも取り巻きのように従えていたふたりが、わたしへのいやがらせに加担してくれないことに、麗那はさらに苛立ちを募らせているようだった。

彼女たちの間でなにがあったのかは分からないし、たしかめるつもりもない。ただ、徒党を組まなくなったからわたしへのいやがらせが軽くなるということはなく、むしろ、麗那ひとりになったことで歯止めがきかなくなったように、どんどん重たく陰湿になっていった。

＊

「……えっ」

ある日の部活終わり、体育館を出たところでわたしは、部活生たちの外靴が並べられたすのこの上を見て、はたと動きを止めた。

「あれ……?」

わたしのローファーが、ない。

似たような靴を履いている人が多いので、ぱっと見つけられるように、ほかの人に間違えられないように、ギンガムチェック柄の中敷きを入れてあった。だから、いつもは探すまでもなくすぐ目につくのに、今日はいくら視線を巡らせても、どこにも見当たらない。

普段はホームルームが終わったあと、部活に向かう途中で生徒玄関に立ち寄り、上履きから外靴に履き替え、外靴で部室に行く。体育館で練習をしている間はもちろんバッシュなので、ローファーは体育館の出入り口のあたりに置いていた。

今日もそうしたはずなのだけれど、もしかしたらぼんやりしていて、上履きだけ脱いでローファーを履くのを忘れていたのかもしれない。ありえそうにもないことを自分に言い聞かせる。

いやな予感にとらわれつつも、生徒玄関に向かった。

やけに冷たい廊下の床を、薄い靴下でぺたぺたと歩く。上履きを履いていたら分からないけれど、学校の床はとても硬くて冷たいし、掃除しきれていない埃や砂粒だらけで、ひどくざらざらしていて不快だった。

玄関に辿り着いて、自分の靴箱の前に立ち、ひとつ深呼吸をしてから、ふたを開ける。

そこには、上履きがあった。ローファーは、なかった。

「……はっ」

自分のものとは思えないくらい低く、乾いた響きの嘲笑が、唇から洩れた。

わたし、こんな声、出せるんだ。

それから、ぐっと唇を噛みしめる。うつむいていたらなにかが溢れそうだったので、玄関の外に目を向けた。

グラウンドの上に、黄色っぽい空が広がっていた。夏が終わり秋が深まり、最近では部活が終わるころには東の空が暗くなりはじめている。

校舎はすでにほとんど消灯されていて薄暗い。下校時間はもうすぐだから、のんびりしていたら施錠されてしまう。急いで探さなきゃ。

わたしはひとまず上履きを履き、重い足を引きずるようにして歩き出した。

だれもいない校舎は、静かで、暗くて、心もとなくて、しだいに足下がおぼつかなくなる。

そんな感情は見ないふりをして、今はとにかくローファーを見つけることが先決だ。施錠をする用務員さんと遭遇してしまったりしたら気まずい。

たぶん麗那の手でどこかに隠されたか、捨てられているのだろう。でも、すべての教室やトイレのごみ箱の中をあさるわけにもいかないし、もしも男子トイレの中などにあったら絶対に見つけられない。

そうなると、時間の無駄になりそうだ。諦めたほうがいいかもしれない。

しばらくあてもなく校内を歩き回って、各教室や女子トイレや、廊下や階段の踊り場に置かれている清掃用具のロッカーなどを覗いてみたものの、予想どおりなにも見つけられず、途中で足が止まって途方に暮れた。

こうなったら靴下のまま帰ってやろうか、と思ったけれど、すぐに冷静になって思い止まった。靴下が汚れるし、ガラスの破片などを踏んで怪我をしたらいやだ。

現実的な対策としては、上履きを履いて帰るしかない。でも、うちの高校の指定の上履きは、スリッパだった。あまりにも悪目立ちするし、外を歩くだけならまだしも、わたしは電車通学なので、スリッパで電車に乗るなんて恥ずかしすぎる。

でも、仕方がない。そうするしかない。

わたしはスリッパのまま外に出た。仕方がないとはいえ、罪悪感と違和感がすごくて、落ち着かない。

ローファーを探している間に急速に日が暮れて、ずいぶん薄暗くなった中を、早足で歩く。校門をくぐって校外に出ると、下校中の生徒がちらほら歩いていた。だれかに足下を見られたら、スリッパで歩いていると知られたら、どう思われるだろう。

普通に考えれば、ぼんやりしていて靴を履き替えるのを忘れて出てきてしまったと思われるだろうか。でも、鋭い人なら、靴を隠されてしまった可哀想な人だと思うかもしれない。

学校を離れて、生徒ではない人が増えてくると、心もとなさはさらに増した。もしもおせっかいな人が、『スリッパですよ』なんて指摘してきたらどうしよう。『これでいいんです、スリッパしかないんで』と答えるのか。きっと変な顔をされる。

そんな心配ごとで頭がいっぱいで、気がついたら駅についていた。うつむいたまま改札を抜け、ホームに向かう。電車に乗り込む。車両の真ん中まで行く勇気はなくて、出入り口のドアの前に立った。みんなから見られている気がした。恥ずかしさで死にそうだった。乗客たちに背を向けて、窓の外に顔を向ける。

唇から血の味がして、ずっと唇を噛みしめていたことに気がついた。なんとか口もとの力を抜き、電車の振動に耐える。

カーブで大きく揺れたとき、足を踏みかえて、その感触と靴底の立てる音の違和感が、スリッパを履いているという実感を際立たせた。

うつむいたまま目だけを上げて、車窓を流れる景色を見る。

家屋、アパート、マンション、道路、植木、公園、遠くの高層ビル、電波塔。

瞬きもせずにそれらを見つめながら、胸ポケットに手を当て、そこにある紺の言葉を反芻する。

恐竜は八百種、哺乳類は六千種、魚類は三万六千種、昆虫は百万種、アリは二京匹、昆虫は人間の二億倍。

紺が本を通して教えてくれた、世界の広さ。

世界は広い、とつぶやいてみる。

わたしの苦悩なんて、世界にとっては取るに足らない小さなもの。たとえなにがこの身に降りかかろうと、世界から見ればどうでもいいこと。

何度も言い聞かせてきたし、頭ではそう分かっているのに、どうしてだろう。

やっぱり、死にたいほど、苦しくて、悲しかった。

他人からないがしろにされ、容赦なく痛めつけてもいいと思われている。それをまざまざと見せつけられたようで、まるで自分が道端で人々に踏みつけられて人知れず枯れていく雑草になったような気分だった。

「世界は広い……」

うつろなつぶやきが、窓にぶつかってぽとりと床に落ちた。

＊

翌日は、スニーカーで登校した。

普段はほとんど出番がなく、体育の授業がグラウンドで行われる日や、課外活動や体育祭などの行事のときにだけ履いているものだ。

べつに好きでも嫌いでもない靴なのに、ローファーを失くしてしまったという理由で履かざるを得なかったから履いた、という事実のせいで、なんだか視界に入るたびに憂鬱だった。

身体が重い。ちゃんと寝たはずなのに、徹夜をしたあとみたいな重さで、なにかが全身にまとわりついているように、身体がうまく動かせない。

のろのろと学校に向かい、朝礼の始まるぎりぎりの時間に教室に入った。

麗那が、美優ではない女子に話しかけている。きゃははと笑う声がする。

わたしに気づいてこちらに目を向けたのが分かった。わたしは気づかれないように気をつけながら、目線だけを動かして彼女の様子をたしかめる。舐めるような湿っぽい眼差しで、わたしを見ていた。背中がぞわぞわする。

たぶん反応をうかがっているのだろうと思う。ローファーを隠されてどんな顔をしているのか、わくわくしながらわたしを見ているのだろう。わたしはくっと唇を噛み、気を引き締める。なんとも思っていない顔をしてみせる。

机の上にリュックを置き、椅子に腰を落とした。まだ視線を感じる。リュックから教材を出して机の中にしまわなきゃ。そう思うのに、手を動かすのも億劫《おっくう》で、だらりと座ったままになってしまう。

気がつくと窓の外に目を向けていた。向かい側にある二号館が見える。紺は今、あそこにいるのだろうか。それとも、体育館の向こうにある旧校舎にいるのだろうか。紺は生きた人間なのか、幽霊なのか。

今はどちらでもいいから、早く会いたい。顔が見たい、声が聞きたい。

早く昼休みになれ。

＊

今日も麗那は、わたしが席をはずしたすきに、ノートのページを破いたり、参考書の名前をマジックでぐちゃぐちゃに消したり、次の授業で使う教科書を隠したり、提出物のプリントを捨てたり、机の間を通るときに足をひっかけて転ばそうとしたり、あらゆるいやがらせを仕掛けてきた。

またか、と思い、心の中で溜め息をつく。今さらいちいちショックを受けたりはしない。

心が麻痺してきているのかもしれない。

ただ、はじめのころのような、突き刺さるような鋭い痛みは感じないけれど、たちの悪い虫刺されのような、じんじんと熱をともなう鈍い痛みが、ずっと消えずに続いている。消化しきれなかった感情が、心の底にどんどん沈殿している。沈殿して、沈殿して、今にもあふれそうなものを、必死に抑え込んでいる。

「なんか、げ、元気、ない……？」

第三講義室に入ってすぐ、紺が眉根を寄せてたずねてきた。

「……え？　そんなことないよ」

わたしは笑って答える。でも、彼はやっぱり眉をひそめたまま、うたがわしげな眼差しでわたしを見ていた。

「い、いつもと、ち、違う感じが、する……」

「そんなことないよ。ぜんぜん、普通だよ」

笑顔のままで首を横に振る。

麗那とのことを、紺に打ち明けるつもりはいっさいなかった。

心配をかけたくないとか、そういう健気な殊勝な気持ちからではない。

この旧校舎では、素のままの――もとのままのわたしでいたい、という強がりな気持ちからだ。

部活の仲間とけんかして、そこからこじれにこじれて、仲良しの友達だったはずの人から、容赦のないいじめのような仕打ちを受けている。そんなことは、彼には、彼にだけは、知られたくなかった。

この場所は、紺といる間は、わたしはわたしのままでいられるから。

でも、やっぱり、胸の中の澱みは隠しきれないのかもしれない。紺はいつものように本とメモ帳を開くことはなく、ただじっとこちらに身体を向けて椅子に座り、わたしのなんでもない話に丁寧なあいづちを打ったり、珍しく話題をもちかけてきたりした。

それでも、なにがあったのかとか、調子が悪いのかとか、詮索するようなことはけっして言ってこなかったので、ほっとした。

ただただいつものように、しずかで穏やかでやわらかい時間を過ごし、午後の授業の開始を告げる予鈴が鳴ったら、旧校舎を出る。

「ほんとに、大丈夫……？」

知らぬ間に足が止まっていたらしい。紺がまた心配そうな目を向けてきた。

教室に戻らなきゃと考えただけで、身体に力が入らなくなる。でも、行かないわけにはいかない。

「……うん！　ぜんぜん大丈夫！」

わたしは紺にせいいっぱいの笑顔を向けて、「じゃあまた明日」と手を振り、そこからは振り返らずに渡り廊下を歩いた。

立ち止まったら、今度こそ歩けなくなりそうだった。踵を返して、旧校舎に戻ってしまいそうだった。

だから、ひたすら足を動かして、最後はほとんど小走りだった。

＊

部室に入った瞬間、いやな予感がした。

いや、もとから、もしかしたらという悪い予感はあった。

ホームルームの最後に、担任の先生から名指しで呼び出され、用事を頼まれた。以前のわたしならなにも思わず軽い気持ちで引き受けていただろうけど、今は、部活に行くのが遅れたら麗那に陰口を言われそうだと思ってしまい、即答できなかった。

それに、担任は男の先生なので、また媚を売っているだのと根拠もないいやみを言うネタを彼女に与えてしまうかもしれない。

でも、結局わたしは笑みを浮かべて、

「……あー、はい。分かりました」

と引き受けた。条件反射のようなものだ。

――いい子ぶりっこ。

小馬鹿にしたような麗那の声が、背中に聞こえた気がした。

彼女は要領がいいので、先生にばれる可能性があることはしない。先生のいる前であからさまなことはしないし、言わない。

だから、おそらくわたしの思い込み、幻聴だ。

麗那がこちらを見てにやにや笑っているかどうか、たしかめたくなったけれど、なんとか思いとどまった。


担任に頼まれた用事をすませると十五分ほど経っていて、すでに部活開始時刻を超えていた。

今日は職員会議の日なので、各部の顧問の先生たちは五時過ぎまで練習を見に来ないはずだ。つまり、麗那がやりたい放題にできる日。

また彼女からなにか面倒なことを言われるんだろうな、とぼんやり思いながら、部室にやってきた。

そして、ドアを開けた瞬間、違和感をおぼえる。

その原因は、すぐに分かった。室内のいちばん奥、わたしの部活用の荷物が置いてあるロッカーが、荒らされているのだ。

とびらが半開きになっていて、ジャージやタオルなどの中身が、無造作にはみ出している。

あーあ、ここまでやられたか。なんだかむなしくなった。

麗那は、教室ではわたしの持ちものを荒らしたりもしていたけれど、部活関係のものにはまだ手を出したことがなかった。部活でのいやがらせは、練習をちゃんとしないとか、わたしの指示を聞かないことだけだった。

部活は教室に比べて時間が短く、持ちものに対してなにかをするタイミングがなかったというのもあったとは思う。でも、麗那は麗那なりにバスケのことが好きなはずで、部長になれなかったことを悔しがり、それでも部活はやめないくらい好きなはずで、だから彼女にとって部活は聖域で、汚さないようにしていたのだと、わたしは考えていた。

でも、どうやら、読み違えていたらしい。

とうとう、ここも荒らされてしまったのだ。

ふう、と溜め息をついて、ロッカーの前まで行き、とびらを開ける。

くちゃくちゃになったタオルとジャージをたたみながら中を確認して、手が止まった。

「……マジかー……」

こぼれたつぶやきが、自分の声ではないように、ひどく遠く、頼りなく、鼓膜を震わせた。

「あーあ……」

腰をかがめて、それを手に取る。

「これは……」

他人事のようにつぶやいてみるけれど、痛みは消えない。

「……これは、だめでしょ」

ずたずたに切り裂かれ、どろどろに汚されたそれは、わたしのバスケットシューズだった。

つま先やかかとの部分に、カッターのようなものでいくつものひっかき傷や切り傷がつけられ、全面に泥のようなものが塗りつけられている。

『バッシュ、みんなでおそろいにしようよ!』

麗那の声が耳に甦った。

一年半前、去年の四月。女子バスケ部に入部したとき、彼女がそう提案して、新入部員だったわたしたち全員が、同じメーカーの同じ型、色違いのバスケットシューズを買うことになった。

当時わたしは、中学校のときに購入してまだ履ける状態のバッシュを一足持っていたけれど、新しく仲間になったみんなとおそろいにしたくて、みんなと一緒にスポーツ用品店に行った。

これからみんなで心と力を合わせてがんばっていきたい。みんなの仲がよくて放課後が待ち遠しくなるような楽しい部活になればいいな。そしてあわよくば、県大会で勝ち進めるようなチームになりたい。そんな思いで、お年玉貯金をはたいて新しいバッシュを買った。

買ったばかりのバッシュを持って、お店の前でみんなで写真を撮った。そのあと、近くのコーヒーショップに行き、春限定のピンク色のドリンクを買って、そこでもまた写真を撮った。

中学までは学校帰りに飲食店に入るなんて許されなかったから、みんなそれだけでテンションが上がっていた。

高校生って感じだね、青春だね、と美優が言い、みんな『それな！』と大笑いした。

わたしの中でまだ、きらきらと光り輝いている、楽しかったころの思い出。

わたしががんばれば、わたしががまんすれば、時が来るのを待てば、いつかまたあのころのような日々が戻ってくるんじゃないかと、淡い期待を捨てきれずにいた。

そんな浅はかな希望を、どろどろの真っ黒な絵の具で、くまなく塗りつぶされたような気分だった。

もう戻れないんだなと、思い知らされる。

分かっていたのにショックで、ショックを受けている自分がショックで、汚され壊されたバッシュを抱きしめてしゃがみこんだ。

いつものくせで、胸ポケットに手を当て、あ、ない、と気づいた。

今日はメモをもらってないんだった。

紺の言葉が入っていない空っぽのポケットが、急に冷たくなったように感じた。

突然、広大な、広すぎる世界にたったひとりで取り残されたような錯覚に陥る。

胸が、ぎりぎりと音を立てて軋んで、痛い。


とにかく洗おう。しばらくしてそう思い立ち、わたしは重い腰を上げて、のろのろと立ち上がった。

どうせ布と皮革の部分を切られているから、もう使えないとは思うけれど、洗ってみたら意外とどうにかなるかもしれない。

それはさすがに無理でも、どちらにせよ、こんな泥まみれのままでいさせるのは、これまでお世話になってきたバッシュに申しわけなかった。

体育館の外トイレは、開校のときに作られたものらしく、校内でいちばん古くて、床も壁もドアも全部ぼろぼろだった。何十年もかけて染みついたにおいもきつく、だからか清掃係もいやがるようで、埃やごみもまともに掃除されておらず、ひどく汚い。

当然ながら生徒たちは使いたがらず、めったなことがないかぎり、だれもここのトイレには入らない。

だからこそ、ちょうどよかった。

わたしは汚れたバッシュを抱えて小走りにトイレまで行き、入ってすぐのところに設置された洗面台でバッシュを洗いはじめた。

こんな姿は、だれにも見られたくない。汚いトイレがあってよかった、と生まれてはじめて思う。できればもう二度とこんなことを思うような目には遭いたくないけれど、無理かもしれない。

バッシュは、洗っても洗っても綺麗にならなかった。そもそも、切り傷が思いのほか深く、汚れが落ちたところで、バッシュとしての機能は失われていた。

ごめんね。ぽつりとつぶやく。

こんな持ち主でごめん。わたしが仲間と揉めるような子じゃなかったら、もっとまわりとうまくやれる子だったら、あなたはこんな目に遭わずにすんだのに。

こんなことになっちゃって、ほんとごめん。

ぐうっと喉の奥で音が鳴った。こぼれないように、あふれないように、ぎりぎりと唇を噛む。

諦めてトイレの外に出ようとしたとき、出口に人影が現れた。

びくりと身を震わせて顔を上げると、麗那がいた。

「なにしてんのー?」

にやにやしながらたずねてくる。

「……分かってるくせに」

小さく言い返した声は、情けなくかすれていた。

ただしばらく声を出してなかったからかすれちゃっただけ、と自分で自分に言いわけをする。

「え、なに? 聞こえなーい」

彼女は出口横の壁に背中をもたれ、出口を塞ぐように片足を上げた。

通せんぼをされた形になり、わたしは外に出られなくなる。

「邪魔。通して」

心も頭もぐちゃぐちゃで、言い方なんて考えられなかった。ただ、言いたいことをそのまま言うことしかできない。

もちろん、麗那の逆鱗に触れてしまった。

無理やり通り抜けようとした瞬間、思いっきり突き飛ばされたのだ。

「あっ、ごめーん。ぶつかっちゃったー」

無駄に明るくお手本みたいな棒読みの声を聞きながら、バランスを崩したわたしはうしろ向きに倒れる。

反射的に床に手をつき、次の瞬間、床の汚さを思い出して、ぞわっと全身の肌が粟立った。

すぐに立ち上がり、洗面台に駆け寄って手を洗う。背後で麗那がきゃははと笑っている。

全身の血が沸騰したかのように熱かった。

ショックと怒りで、わけが分からなくなる。

感情のコントロールがきかなくて、頭の中で、麗那を思いっきり引っぱたき、殴りつけ、壊されたバッシュを投げつけ、罵倒しながら踏みつける妄想が勝手に動いた。

でも、さすがにそれはだめだと、冷静な自分が興奮する自分を押さえ込む。

いい子ぶりっこ。たしかにそうかもしれない。こんなとき、悪い子になりたくない気持ちなんか綺麗さっぱり捨てて、感情のままに振る舞えたら、思いっきりやり返せたら、どんなにいいだろう。

だけど、できない。わたしはわたしの殻を破れない。

逃げたくないし、逃げる勇気もないのに、その場所で耐え忍ぶ気力もない。

そういうときは、どうすればいいんだろう。

どこにも行けないし、ここにもいられないわたしは、どうすればいいんだろう。

ああ、そうか。きっと『五十嵐紺』は、こういう気持ちで、旧校舎の屋上から飛び降りたんだな。

そんなことを思ったとき、突然、

「――わあーーっ！」

悲鳴のような叫びが、空気を切り裂くように頭上から降ってきた。

わたしも麗那も驚いてはっと顔を上げた。

視線の先は、体育館に隣接している旧校舎の裏側、二階の廊下の窓だ。

紺が、そこにいた。

彼は、恐怖に引きつったような叫び声を上げながら、窓から飛び降りた。

「きゃあああっ、紺っ！」

わたしは思わず悲鳴を上げ、麗那を押しのけてトイレの外に飛び出したけれど、
彼は無事に地面に着地して、そのままの勢いでこちらへ駆けてきた。

そして、わたしを背中にかばうようにして、わたしと麗那の間に立つ。

わたしは一歩位置をずらして、彼の横顔を見つめた。

紺は、「っ、っ」と苦しそうな表情で呻いていて、うまく言葉が出なくて苦しんでいるのだと分かる。

でも、いつもみたいにうつむいてはいない。

不純物のない鉱物みたいに透き通った瞳で、まっすぐに麗那を、にらみつけている。

「や、や……」

紺の唇が震えるように音を連発する。

一瞬だけ唇を噛み、ぎゅっと目をつむり、苦しげに「うああっ」とまた叫んだ。

それから、瞼をあげ、唇を開き、大きく息を吸い込む。

「やっ、やめろ!」

やっとのことでそう言えたら、すこしつかえがとれたのか、すぐにあとを続けた。

「ここ、こんなことして、なんになるんだ!」

紺はわたしのバッシュを指さして怒鳴った。

麗那が眉をひそめて、「……は?」と低く問い返す。

「こ、こんなひどいこと、なんのためにやるんだよ!」

彼は怒っていた。その表情と口調で分かる。

怒っている姿どころか、いらいらしているところすら見せたことのない彼が、怒ってくれている。きっとわたしのために。

胸が震えた。

紺の剣幕にそれまで押し黙っていた麗那が、ちらりとわたしを見て、それからまた彼に目を戻した。

「なにあんた、キモいんだけど……キョドりすぎでしょ。病気？」

心臓がばくっと飛び跳ねた。

なんてこと言うの。紺になんてこと言うの。

こんなに必死に怒ってくれている紺に、なんてことを。

「そんなキョドりながら怒られてもぜんぜん怖くないんですけど」

彼女は冷たく言い放つ。

込み上げてきた怒りが濃すぎて、熱すぎて、吐きそうだった。

「気持ち悪いから、話しかけないでくれない？」

「やめて!!」

わたしは麗那の言葉をかき消すように叫んだ。

これ以上、心ない言葉を紺に聞かせたくなくて、必死だった。

「やめてよ、お願いだから、紺にはひどいこと言わないで。麗那が傷つけたいのはわたしでしょ？　わたしに言えばいいじゃん」

ゆっくりとこちらを向いた麗那の頬が、ぴくぴくと引きつっているのが分かった。

「……キモッ」

口もとが歪みきっている。不愉快で仕方がない、という表情だった。

「なに純愛ぶってんの？　ドラマのまね？　キモッ。あんたたち、マジでキモいんですけど。どっちも死ぬほどキモい。マジでお願いだからあたしの視界に入らないで」

麗那がそう言って、ずんずんと近づき、ものすごい勢いでこちらに手を伸ばしてきた。

突き飛ばそうとしているのだと本能的に理解し、わたしは咄嗟に身がまえる。

今度は絶対に倒れないようにしなきゃ、と全身に力を入れて待ちかまえたけれど、でも、なにも起こらなかった。

紺が、止めてくれたのだ。

麗那がわたしに伸ばした手を、思いきり振り払ってくれた。

と同時に、わたしを守るようにぎゅっと抱きしめる。突然のあたたかい感触に驚き、わたしは硬直した。

ばっと紺を見上げた麗那に、彼は言う。

「瑠璃を、いいいじめるな！　きき傷つけるな！」

そう言って、すぐに口を閉ざした紺が、突如、

「……ああああーーーっ！」

悔しそうに叫びだした。

わたしも麗那も息をのんで彼を見つめる。

「くそっ！　くそくそくそくそ！」

紺はその両腕でわたしを強く抱きしめたまま、身悶えするような苦しげな顔で叫ぶ。

「なんでなんでなんで！　なんでおれの口はこんな大事なときまでちゃんとしゃべれないんだよっ！　くそっ、なんでだよ!!」

つかえることなく、最後までひと息にそう叫ぶ。

だれかに話しているのではなく、自分を責めるひとりごとだからなのだろうか、スムーズに言葉が出てくるようだった。

あまりに悔しそうで、苦しそうで、悲しそうで、その熱い感情がわたしを包み込む胸から伝わってきて、わたしはなにも言えない。

紺の悔しさは、わたしには分からない。紺にしか分からない。

しばらくの間、深くうつむいて、自分を責めるように唸っていた彼が、ゆっくりと顔を上げた。

わたしを見つめるその瞳から、ぼろぼろと涙があふれだした。

「ご、ご、ごめん」

絞り出すような声で、紺が言う。

「ごめん、ほんとにごめん。いっ、今も、今までも、ずっと、なんにもできなくて、たっ助けられなくて、ちち、力になれなくて、守れなくて、ごめん……お、おれ、こ、こんなんでごめん」

「……守ってくれてるじゃん、今」

「でっでも、ほんとは、もっと……っ、ごめん……」

ぼろぼろ泣きながら謝る彼を見ていたら、呼び水をされたように、わたしの目からも、ずっとこらえていた涙があふれだしてしまった。

「……もう、なんで紺が泣くのー……。もらい泣きしちゃったじゃん……」

もらい泣きなんかではないことくらい、だれが見ても明らかだったと思うけれ

ど、素直になれない強がりなわたしの気持ちを理解してくれたのか、紺は小さく笑って、

「ご、ごめん……」

と言ってくれた。

わたしを包む腕に、優しい熱と力がこもる。

まるで大事な宝物みたいに、優しく強く抱きしめてくれる。

その優しさとぬくもりのせいで、さらに涙は止まらなくなる。

冷たくされたときより、優しくされたときのほうが、涙腺が緩んでしまうのはどうしてなんだろう。

わたしは思わず紺の背中に腕を回した。紺の熱い吐息が肩にかかる。ふたりの涙が互いの服を濡らす。

体育館の裏の忘れられたトイレの前で、抱き合ってふたりしてぼろぼろ泣いている。はたから見たら奇妙な光景だろう。

「い、い、行こう」

しばらくして涙の衝動がすこしおさまったころ、紺がそっと身を離し、わたし

に手を伸ばした。そばにいる麗那なんて、まったく見えないみたいに。

「うん」

わたしも彼女をあえてちらりとも見ずに、彼の手をとった。

「……キッモ」

捨て台詞のように吐きかけられた言葉も、もう今は気にならない。

不思議なくらい、どうでもよかった。麗那の目にどう映ろうが、わたしたちには関係ない。

勝手に言ってろよ、ばーか。

そんな返しを思いついたけれど、口には出さず、そのぶん紺の手を握る手に力をこめた。

紺の手は、骨ばっていて硬くて、緊張のせいかひんやりと冷たくて、でもやわらかくてあたたかくて、そして、たしかに、とくとくと脈うっている。

そうだ、抱きしめてくれた腕も胸も、抱き返した背中も、全部全部あたたかかった。

まぎれもなく、ここに命が息づいている。

「……なんだ、ちゃんと、生きてるじゃん」

思わずつぶやくと、前を行く紺が「え？」と言いつつ、ぱっと振り向いた。

瞬間、頭上から射す光にまっすぐに照らし出された紺の瞳が、鮮やかな青にきらめいた。

晴れ渡る空のような、澄んだ美しい青。

わたしは驚きに息をのむ。

灰色だと思っていた紺の瞳は、明るい光のもとでは実は、美しい青に見えるのだ。

「わあ……」

思わず感嘆の声をあげながら、じっと見つめていると、

「え？」

と紺が不思議そうに首をかしげた。彼の顔に当たる陽の光の角度が変わる。

すると、彼の瞳は緑色に変わった。

深い深い森のような、静かで穏やかな緑。

わたしが見つめすぎているせいか、紺が所在なさそうに、ふいとうつむいた。

するとその目は淡い曇り空の灰色に戻った。

どんどん色が変わっていく。不思議な瞳だ。

一度見ただけではその本質をとらえることができない、簡単に理解することができない。

それはまるで紺の人となりそのもののように、不定形の、でもどうしようもなく心惹かれて、目を離せなくなるような、曖昧な色合い。

いつか見た海の色を思い出す。たしか小学校の修学旅行で乗ったフェリーで見たのだったか。

わたしはそれまで、まともに海を見たことがなかった。家族や親戚と海に遊びに行くといっても、海水浴場の浅瀬でちゃぷちゃぷ水遊びをしたことが二、三回あったくらいで、沖のほうに出たことはなかった。

だから、驚いたのだ。本当の海の色に。

わたしはなんの疑いもなく『海は青い』ものだと思っていたけれど、実際に船の上から海面を覗き込んでみたら、それは想像していたようなコバルトブルーではなく、なんとも言えない色合いをしていた。何色だとはっきり言えないような、くすんだ青、にごった緑、底の見えない灰色。そんな複雑な色をしていた。

「どうしたの、瑠璃。大丈夫？」

再び目を上げた紺が、まだぼんやりと彼の顔を見つめているわたしの手を握り、そっと問いかけてきた。

触れた瞬間に肌になじみ、とくとくと脈うつ、あたたかい手のひら。

「――ううん、こっちの話」

笑いが込み上げてきて、止まらなくなる。

紺はやっぱり、幽霊じゃなかった。ちゃんと生きている。

よかった。本当によかった。

油断したらまた泣いてしまいそうで、思いきり顔を上げて、校舎の向こうの空を仰いだ。

紺の眼差しのように透き通る、綺麗に澄んだ空だった。

＊

「や、やっぱり昼のときの様子が、ちょっとおかしかったよなって、き、き、気になって……」

渡り廊下を歩きながら、どうしてあそこにいたのかを紺が話して聞かせてくれた。

「放課後は部活だろうと思って、たっ体育館に行ったら会えるかなって、瑠璃が来るのを入り口の近くで待ってて」

「うん……」

わたしたちは手をつないだまま、でもなんとなく隣に並ぶのが気恥ずかしくて、わたしは彼のすこしうしろを追う形で歩いている。

「でもなかなか来ないからどうしたのかなって心配になって……」

紺がつないだ手にぎゅっと力を込める。思いのほか力強くて驚いた。わたしの中では、彼は線が細いイメージだったから。

「学校のいろんなところを探してて、旧校舎に行ってみたら、体育館のほうから声がして、窓から見下ろしたら、瑠璃がいて……」

「……そっか」

たまたまあの場にいたわけではなく、わたしのために、わたしのことを心配して、探し回って、そして見つけ出して、飛び降りてきてくれたのだ。

なんだか落ち着かなくて、渡り廊下の窓の向こうに目をやる。

「……ふふっ」

思わず笑いが洩れた。

紺が振り返り、すこし戸惑ったようにわたしを見つめる。

「紺って、あんなに大きい声、出せるんだね」

思い返したら、驚きも甦ってきた。いつも穏やかな紺が、叫んだり怒鳴ったりするところなんて、本当に想像もできなかったのだ。

紺が足を止めて、わたしに正面から向き合った。

「……じ、自分のためには出せなかった。自分のことだと『がまんすればいい』って思っちゃうから……瑠璃のためだから出せたんだと思う」

いつもはうつむきがちな彼の目が、まっすぐにわたしをとらえている。

「き、きっかけをくれて、あ、ありがとう」

まさかそんなふうにお礼を言われる展開になるとは予想もしていなかったので、心底驚いて首を横に振った。

「こちらこそだよ」

そう応えると、紺が不思議そうに首をかしげた。

わたしはすこし目を落とし、「わたしもね」とつぶやいた。

今までずっと、親にもだれにも打ち明けずにきた弱音を、いきなり吐き出すのは勇気がいる。

でも、顔を上げて口を開いた。

「わたしも、どんなひどい目に遭っても、自分ががまんすればいいや、嵐が去るのを待てばいいやって、諦めちゃってたんだ……。でも、今日はじめて、黙ってられないって思った。だから、声を上げられた。紺のおかげだよ」

わたしにはなにを言ってもいい、勝手にやっていればいいと思えたけれど、紺には絶対に、ひとことだって酷いことを言われたくなかった。

だから、よりにもよって紺がきっといちばん傷つく言葉を、麗那が吐いたのが許せなかった。

麗那に傷つけられたわたしを、あたたかい優しさで癒やしてくれた紺が、彼女に傷つけられるなんて、がまんできなかった。

今までずっと、濁流のような気持ちを胸に抱えながらも、豪雨に耐えるようにうつむいてしゃがみ込んでいたわたしが、これじゃいけないと自分を奮い立たせて立ち上がれたのは、紺という存在のおかげだ。

「紺。いてくれて、ありがとう」

この気持ちをうまく言い表せる言葉が思い浮かばなくて、なんだか子どもみたいな、つたない表現になってしまった。

ちゃんと伝わったかなと不安だったけれど、わたしの言葉に、紺は息をのみ、それからさっきよりもずっと大粒の涙をぽろぽろこぼした。

「あはは。よく泣くね」

思わず正直な感想を洩らすと、

「ごご、ごめん、情けない……」

彼は恥ずかしそうに顔を伏せてしまった。わたしは慌てて彼の手をぎゅっと握る。

「そんなことないよ。紺の涙は綺麗だもん」

我ながら、なに言ってんだろうと気恥ずかしくなる。

でも、伝えるべきことは伝えなきゃ。

「綺麗だから、もっと見せていいよ」

彼の流す涙は、本当に、透明で綺麗なのだ。

せめてわたしの前では、がまんなんかしないで、まわりの目なんて気にしないで、思いのままに、いくらでも泣いてほしかった。

泣くのをがまんするのは、とても苦しいことだから。

わたしの言葉に、紺が恥ずかしそうに微笑んで言った。

「瑠璃の涙も綺麗だから、もっともっと見せてくれていいよ」

わたしは「えっ」と声を上げる。

「待って、なんかそう言われると照れるんだけど……」

「自分も同じこと言ったのに」

紺はおかしそうに噴き出した。

胸には変わらず汚れてぼろぼろでびしょ濡れのバッシュを抱いているのに、今は不思議と冷たさなんてすこしも感じず、むしろぽかぽかとあたたかかった。

6章 未来

＊

紺が助けに来てくれた日の翌日以降、麗那からわたしへのいやがらせはぱたりと止んだ。

彼女は教室でもこちらをまったく見なくなり、陰口や嘲笑も向けなくなった。

理由はもちろん分からないので、わたしの想像でしかないけれど、紺が彼女を怒鳴りつけてくれたことや、わたし自身がはじめて彼女の暴挙にきっぱりと反抗したことが関係しているのかもしれないと思う。

美優たちはやはり彼女とは距離を置くことにしたようで、話しているところは見ない。

麗那は一日中ひとりで、むすっとした顔で過ごしている。

毎日毎日、次はなにをされるか、なにを言われるかと気が張り詰めていたので、彼女の一挙手一投足を警戒しなくてよくなったのは、心理的には楽だった。

とはいえ、一時的なもので、いつ再開するかは分からないけれど。

でも、もし次になにか言われたりなにかされたりしても、きっとわたしはこれまでのように身を硬くして耐えるだけということはないと思う。

もしも水をかけられたら水をかけ返してやるし、教科書やノートを汚されたり持ちものを捨てられたりしたら弁償しろと迫る。

むしろ、どうして今までそうしなかったのか、我ながら理解に苦しむ。

麗那がわたしにしたことは、間違いなく犯罪だ。名誉毀損や暴行や器物損壊という名前がつけば、彼女にもその深刻さは伝わるだろう。

学校の外で、大人同士の間で行われたら、周囲は確実に大騒ぎになるし、きっと普通に警察沙汰になるようなことなのに、学校という閉鎖空間の中で生徒同士の間で起こったら、ただの仲違いみたいに処理されてしまうのはどうしてなんだろう。先生だけでなく生徒たち自身でさえ、やる側もやられる側も、校内というだけで、いやがらせやいじめという言葉に変換してしまう。

わたしも渦中にいるときは、自分のされていることが犯罪だなんて考えもしなかったし、とにかくがまんして嵐が過ぎ去るのを待つしかないと思ってしまっていた。

けれど、今となっては、わたしのような負けず嫌いで気の強い人間が、どうしてされるがままになっていたのか、不思議なくらいだった。

悪意は人をおかしくする。

悪意を持った人間も、悪意を向けられた人間も、おかしくなってしまうのだ。

わたしは強いと思っていた。でも、ぜんぜん、強くなんかなかった。

攻撃されたら痛くて、怖くて反撃もできなくて、ただ震えて耐えることしかできなかった。

きっと、人はみんなそうなんじゃないかなと思う。

自分の存在をまるごと否定するような言動をぶつけられたら、これまで積み上げてきた自分なんて簡単に根底からひっくり返されて、まるで別人みたいに弱ってしまう。

人はだれだって弱い。


そして、同じように悪意によっておかしくなっていたであろう美優と梨乃のふたりが、部活が始まるとき、気まずそうな様子で近づいてきた。

「瑠璃、今までごめんね」

「本当にごめん。やりすぎたって反省してる」

彼女たちは心から申しわけなさそうな顔をしていたけれど、正直、わたしの心にはぜんぜん響かなかった。

わたしのこれまでの苦しみは、そんなひとことで、ちょっと謝られたくらいで消せるものではない。そういう気持ちが込み上げてきて、素直に「いいよ」なんて言えるわけがなかった。

きっと彼女たちとしては、麗那から離れるからにはわたしに近づいておかないといけないと思ったのだろう。

もしくは、先生に告げ口されるのが怖くなった？　内申点に響いたらいやだもんね。それとも、謝って許しをもらってすっきりしたかった？

そんな卑屈で意地の悪い邪推をしてしまう。

こんな考え方は、きっと昔のわたしはしなかった。でも、あなたたちのおかげで、できるようになっちゃったよ。あはは。

そんないやみを思いついたけれど、さすがに口には出さない。

だめ、許さない。そう言いたかったけれど、なんとかこらえる。

「……あっそ」

わたしはそれだけ言って彼女たちの前を通り過ぎた。

そのあとは淡々と練習をした。麗那は相変わらずだらだらと動いていたけれど、わたしが部長として出す指示には無表情ながら従ってくれた。美優たちも、気まずそうではあるものの、以前のように普通に練習してくれた。

状況は、元どおりとまではいかないけれど、ずいぶんよくなったとは思う。

＊

「――でも、謝ってくれたのに許せないなんて、わたし、心狭すぎだよね……」

次の日の昼休み、第三講義室でいつものように紺と過ごしているとき、ふと打ち明けたくなって、美優たちとのことを話してみた。

彼は真摯な顔で聞いてくれ、わたしが苦い気持ちで話し終えると、すこし言葉を探すようなそぶりをしてから、「そんなことないと思うよ」としずかに口を開いた。

「そんなことない。ゆ、許せないと思うなら、許さなくていい。許す、許さないは、された側が決めることだから」

紺はぽつぽつと、ひとことひとことを大切に話す。

「瑠璃のされたことを考えたら、許せなくて当然だよ。だ、だから、許せないからって、許せない自分を卑下することはない。それだけのことをされたってことなんだから」

「……そうかな。ありがとう」

すこし微笑んでそう応えつつ、わたしってずるいなあ、と心の中でぼやいた。

どうして今までだれにも言わなかったことを、紺にならするりと言えてしまうのか。

紺ならきっとこういうふうに、わたしのことを否定しないで、わたしの気持ちを軽くするような言葉をくれると分かっていたから、優しく慰めてくれるのを期待して、打ち明け話をしたのだ。

それって、すごく、計算高いな。わたしって、ずるい人間だったんだ。

知らなかったな。この数ヶ月で、わたしは、知らなかった自分をたくさん思い知らされた。

軽くうつむいてそんなことをつらつらと考えているわたしを、紺は違うふうにとらえたらしい。すこし焦った様子で、

「許せないのが、……く、苦しい?」

と眉を下げてたずねてきた。

本当のことを言う勇気はなかったので、さっきまで考えていたことはなかったことにして、彼の問いについて考えてみる。

「うーん、どうかな……」

わたしは彼女たちを許せない。

たとえ土下座して泣きながら謝られても、それはそれで多少はすっきりするかもしれないけれど、やっぱり、許したくはない。

それくらい深く傷ついていたし、痛くてたまらない日々だった。

悲しかったし、苦しかったし、腹立たしかった。

ずっとずっと、死ぬほどつらかった。

本当は、何度も何度も、死んだら楽になれるかなと思った。

「……正直なところ、もう二度と顔も見たくない、できることなら一生会いたくない。――ってくらい、許せない。許せないことでの苦しさなんてない。ただひたすら、許せない」

正直な気持ちを吐露した次の瞬間、不安になった。

こんなことを言ったら、『なんて性格の悪い、いやな子なんだろう』と紺に呆れられ、愛想をつかされてしまうかもしれない。

でも、彼はなぜだか嬉しそうに笑った。

「……なんで笑ってるの？　わたし、我ながら怖いこと言ったよね」

おそるおそるたしかめるわたしに、彼はふるふると首を振った。

「べつに怖くないし、む、むしろ素直に言えてよかったなって思ったから」

「よかった？」

わたしが目を丸くしてたずね返すと、彼は深くうなずいた。

「瑠璃は、なんていうか、そういう気持ちを、なかなか言えない人なんだろうなって思うから、だから今日は、ひたすら許せないって正直な気持ちを聞けて、よかったって、あ、安心した。吐き出したいものを溜め込むのが、い、いちばん苦しいと思うから……」

「……たぶん、紺にしか話せないよ」

正直ついでに言ってみる。

口に出してから急激に恥ずかしさが込み上げてきて、ひどく顔が熱くなった。

「ほかの人には言えないこと、紺になら話せるんだ、不思議と……」

紺は、大きな目をさらに大きく見開き、それから垂れた目尻をさらに下げて、くしゃりと笑った。

「う、」

いつものようにすこし苦しそうに言葉をつまらせてから、

「嬉しい」

と応えてくれる。

「お、おれでいいならいくらでも聞くから、いつでも話して」

わたしも彼と同じように顔をくしゃりと崩して応えた。

「ありがとう」

しばらく互いに照れた顔を見合わせてから、紺が改まった表情で口を開いた。

「……許せなくていいんじゃないかな」

許せなくていい。思いやりに満ちた優しい響きの言葉だけれど、やっぱりそんなふうには思えなくて、わたしはうまく応えられない。

戸惑うわたしに、紺が丁寧に言葉を重ねる。

「許せないことが苦しくなったり、許せない自分がいやだと思ったら、そ、そのとき考えればいい。許せるって思えるときが来たら許せばいいし、い、一生許せないなら許せないままでいいんだよ」

気がつくとわたしは唇を噛みしめていた。油断したら泣いてしまいそうだった。

「……でもさ、わたしにも悪いところがあったんだよ」

なんとかこらえて、絞り出すように言う。

「わたしね、子どものころから、思ったことなんでも口に出しちゃうから、口は災いのもとって親に怒られたりして。でも、そんなに困ったことはなかったし、友達とけんかしたこととかもあるけどすぐ仲直りできたし、自分の口が悪いの、そんなに気にしてなかったの」

麗那たちからいやがらせを受けるようになってから、何度も考えてきたこと。

でも、こんな自分の弱みを、人に話すことなんてできなかった。たとえ親でも、昔からの友達でも。

だから、素のままのわたしをさらけ出すようで、すごく緊張する。

「だけど、今回のことで思い知ったんだ。部活で揉めることになった原因はたしかにあるんだけど、それはきっかけにすぎなくて、そこからさらにエスカレートしてどうにもならないくらいこじれたのは、たぶん、わたしのそういう性格とか言動が相手を怒らせて、いやがらせしないと気がすまないってくらいに怒らせたんだろうって思うから……」

「……それは違うと思う」

紺がきゅっと唇を引き結んだ。

違う？　と問い返すと、彼はこくりと頷く。

「部活の人とうまくいかなかったのは、瑠璃が悪いんじゃなくて、あ、相性が、悪かったんだよ」

「相性……」

そんな簡単な話なのだろうか。わたしが悪くないなんて思えない。

「う、うん、相性が悪かっただけ。それはどっちにとってもしょうがないことだよ。でも、あ、相性が悪いなら、あ、合わないとかいやだと思ったら、ただ距離を置けばよかったんだ。それなのに離れないで近くにいるまま、瑠璃を傷つけるようなことをしたのは、あ、あの人たちの選択が悪かったと思う」

自分を痛めつけてきた恨めしい相手を、自分を大切にしてくれる人が、自分のために、『悪い』と言ってくれる。それだけで気持ちが軽くなるし、救われた気分になる。

「……ありがとう」

それでもやっぱり、自分に悪いところがなかったなんて、思えなかった。

一度壊れたものは、二度ともとには戻らない。

いつだって自分は強く正しいと自信に満ち溢れていたわたしは、麗那たちから徹底的に殴られ、壊され、消えてしまった。もうあのころの自分には戻れないと、自分でよく分かる。

きっとわたしはこれからも、相手の評価を気にして、ちらちら顔色をうかがいながら、周囲からの視線にびくびく怯えながら、生きていくのだろう。

ずいぶん変わっちゃったなあ、と思うけれど、それが大人になるってことなのかも、とも思う。

相手の気持ちをすこしも考えずに、自分の言いたいことを言いたいように言うことが許されるのは、幼い子どもだけだろう。

わたしはこれまで、どうしても好かれたいと思う人がいなかった。大人でも子どもでも、先輩でも後輩でも同級生でも、男子でも女子でも、べつに相手が自分をどう思っているかを気にしていなかった。

でも今はじめてわたしは、目の前の紺という人に、どう思われているか、いやな子だと思われていないかと不安を抱き、嫌われないようにふるまいたいと考えている。

そうしてはじめてわたしは、相手に嫌われないための言動というものを考えるようになった。

それはわたしにとってはとても大きな変化で、変わってしまったことに虚しさはあるけれど、子どもからの卒業だとも思える。麗那と紺がわたしを変えたのだ。

「そ、それに！」

紺がなにか思いきった口調で続ける。

「た、たとえばテレビとかで、すごく批判されてたり嫌われてたりする人が、すごく仲良しの友達がいたり、け、結婚してたりするでしょう。それってつまり、あ、ある一面から見たらいやだなって思う人がいるし、ほかの面から見たら一生一緒にいたいって思うくらい好きな人もいるってことだよね」

「あー、ああ、うん、そうかも……」

有名人や政治家などで好感度が低いと言われていたり、ネットで嫌われていたりする人でも、もっと言えば世間のみんなから批判されている人でも、ずっと昔から変わらない友達や、ほかのだれでもなくその人と一緒にいたいと思って結婚した相手などがいる。

きっと世間からは見えない素敵な部分があるのだろう。

「……だれかが、こ、この人のこういうところがいやって思う、その部分を、すごく魅力的だと思う人もいるんだよ。そういうふうにできてるんだよ、世界は」

紺がとても必死にわたしを慰め、励まそうとしてくれているのが分かって、わたしは笑った。

「ありがとね。まあ、わたしの悪い部分は本当に悪いところだと思うから、直すように努力はするよ」

紺には嫌われたくないしね、というひとことは、もちろん飲み込んだ。

＊

今日も放課後になり、部活のために体育館へと向かう。

一時期は、バスケがまったく楽しくなく、ただただ義務感と意地だけで部活をやっていたけれど、今はずいぶん肩肘張った気持ちはなくなり、徐々にバスケを楽しめる心境になっていた。

昨日までの自分より、すこしでもうまくなりたい、すこしでも強くなりたい。だから、ランニングもダッシュも筋トレもしっかりがんばる、パスもドリブルもシュートも地道に練習する。そうやって続けていって、あるとき上達を感じたら嬉しくて、また翌日からのやる気につながる。その繰り返し。

バスケを純粋に好きな気持ちがじわじわと甦ってきて、以前と同じように部活の時間が楽しみだと思えるようになった。

今日も早目に体育館に入り、自主練でシュートを打っていると、楽しそうな笑い声が聞こえてきた。反射的に自分が笑われているのではないかと思ってしまい、ぱっと振り向いた。すると、美優と梨乃が入り口のところで女子バレーの子たちと話しているところだった。

そのうしろから麗那が現れた。彼女たちのわきをすりぬけ、ひとりでコートにやってくる。

目が合う。睨みつけられる。

「……あたしは謝らないから」

すれ違いざま、そう言われた。

わたしはなにも言わずに麗那を見つめる。勝手に眉根が寄ってしまうので、睨んでいると思われるかもしれない。仕方がないので、ぐっと唇を噛んで、攻撃にそなえる。

麗那はさらに視線の強度を上げて、低く言った。

「あたしは、あんたのこと、ずっと前から、一年のときから、大嫌いだった」

ひとことひとこと区切り、わざわざ強調しているように聞こえた。それだけ強い思いなのだろう。

わたしはこっそりこぶしを握りしめる。『ずっと前から大嫌い』か。ちょっと予想はしていたけれど、面と向かって言われると、やっぱり刺さる。

そりゃそうだよね。大嫌いじゃないと、あそこまでしないよね。部長になれなかったくらいで、あそこまでしないよね。

それほどまでに嫌われるようなことを、わたしはしてしまったのか。自覚がないだけに、足もとがおぼつかないような浮遊感に襲われる。知らない間に嫌われているというのは、とても怖い。

たぶんわたしが微妙な反応だったからだろう、麗那はいらいらしたように続けた。

「たぶんあんたはぜんぜん気づいてないし、覚えてもないと思うけど、あんたがなにげなく言ったことが、あたしにはすごくムカついて、ずっと忘れられなくて、許せなかった。そういうのが何個もある」

何個も。わたしは知らぬ間に、何度も繰り返し彼女の不興を買うような失態をおかしていたらしい。

「……それは気の毒だったね」

それでもわたしは、平然とした表情と口調を意識してそう応えた。

負けず嫌いで意地っ張りな自分が、いまだに顔を出してくる。

「でも、麗那が謝らないなら、わたしも謝らない」

ここだけは折れることができない。

「わたしだって、麗那にされたことは、すごくムカついたし、忘れられないし、許せない」

麗那は苦虫を噛みつぶしたような顔をした。

押し黙って睨み合うわたしたち。

しばらくしてわたしは小さく息をつき、脇に抱えていたボールを一度ドリブルした。押しつけるように床に落として、手ですくう。軽くドリブルしただけのつもりだったのに、どんっと大きな音が鳴り、小さく地響きがする。

そのままどんどんとドリブルをくりかえし、ボールを胸に抱えると、ゴールに向かってシュートを放つ。ボールの軌道は右に逸れ、リングに当たって弾かれて、床に落ちてころころと転がった。

麗那がおかしそうな声で「ドンマーイ」と言う。

わたしはちらりと彼女を振り向き、『そういうのが何個もある』という彼女の言葉を思い返しながら、たずねる。

「……ちなみに、いちばんムカついたのはどれ？」

「『人としてどうかと思う』」

麗那は即答した。

「…………」

そんな予感はしていたけれど、わたしは正直なところ、まったく覚えていなかった。

客観的に考えてずいぶんひどいセリフだけれど、いったいいつ、どんなシチュエーションで、わたしは彼女にそんなことを言ってしまったのか。部活か、クラスか。

とはいえ「そんなこと言った？　いつ？　どこで？」なんてたずねたら、麗那の神経を逆なでするだけだろうから、言わない。

それでも表情から伝わってしまったようで、彼女は唾を吐き捨てるように言った。

「やっぱ覚えてないじゃん。マジで最低」

それに関してはごめん、と小さくつぶやく。

麗那はぎろりとわたしを睨んで、

「あたしだって自分が人間的にできてるなんて思ってないけど、『人としてどうかと思う』って、カンペキ存在否定じゃん。言われたときもムカついたけど、そのあとも、何日経っても、ずっと残っててずっとムカムカしてた。前からちょっといやだなとは思ってたの、あんたのその、なんでもずけずけ言うところ、そういう自分が好きって思ってそうなところ、やだなって思ってた」

流れるように言うので、麗那の中にこんなにもわたしにぶつけたい不満が溜まっていたのかと内心驚いた。

「それがあの日から確信に変わって、正直めっちゃ嫌いになった。自分だって人としてどうなのってところあるのに、偉そうに上から目線でいやみな言い方してきてさ。それなのにあんたは普通の顔して、普通に今までどおりに近づいてきて、そのたびにあたしは『こいつ、あたしのこと人としてダメって思ってるくせに、なんで親しげに話しかけてくるわけ?』『いい子ぶりっこもいい加減にしろよ、心の中では馬鹿にしてくるくせに』ってムカついてた。同じクラスだし部活も一緒だし気まずくなりたくないから、さすがに顔には出さなかったけど」

一気にぶちまけた彼女はそこで口を閉じ、肩で息をして、また口を開く。

「だから、あんたが部長に選ばれて、あんたの言うこと聞かなきゃいけなくなったのが苦痛だった」

「…………」

わたしは、目立ちたがり屋の麗那は自分が中心じゃないといやだから、自分が部長になりたかったのだと思っていた。だから、わたしにその座を奪われて腹が立って、わたしにいやがらせをするようになったと思っていた。それだけじゃなかったのか。いや、それが理由じゃなかったのか。

「それで、なんとかして仕返ししたくなって……ちょっといやがらせしてやろうって思ってたの。素直に部長って認めるの悔しかったし、ちょっとは気づいてほしかったから、無視してみたり陰口言ったり……でも最初はちょっとだけのつもりだった。ちょっと痛い思いさせて、気が済んだら普通にしようと思ってたのに……」

麗那はいらいらしたようにバッシュを履いたつま先を何度も床に打ちつける。

「……なのに、あんたは落ち込むどころか、『いい加減にしろ』とか、『いつまでも子どもみたいに』とか、『高校生にもなって』とか、また上から目線で偉そうに言ってきて……」

驚きのあまり、なにも言えなくなる。

わたし、麗那にそんなこと言ったっけ。正直それも覚えていなかった。

それはどれも、わたしがお母さんから小言のときによく言われる言葉だった。言われるたびに苦々しく思っていた言葉だった。それを麗那に言ってしまっていたのか。

自分が言われていやな言葉を、無意識のうちにあえて選んで相手にぶつけていたようで、わたしはそういうところが天然で性格が悪くて嫌われるんだなと実感する。

「本当にむかついて、もう無理ってなった。それでどんどん止まらなくなって、自分でも……ちょっとやりすぎかなとは思ったけど、もう止められなかった。瑠璃がすぐ謝ったら許してやったのに……」

わたしはくっと唇を引き結び、それから開いて長い息を吐き出す。

「……麗那の気持ちは分かった。話してくれてありがとう」

彼女がぴくりと眉を上げる。

あんなに近かったのに、こんなに遠くなってしまった顔を、わたしは苦い笑みで見つめる。

「でも、わたしも、『もう無理』だ」

口もとが歪むのを、自分では止められない。

「もちろんわたしにも悪いところがあるのは分かるけど、でも、聞こえるように悪口言ったり、わざとらしく無視してそのくせ笑ったり、……水ぶっかけたり、物を壊したり汚したり、いくら嫌いな相手だからって、やっていいことじゃないでしょ。そういうことする人が、わたしはいちばん嫌い。そんな卑怯で陰湿なことする人と、もう友達はやりたくない、無理」

麗那が、はっと乾いた笑いを洩らした。

「……あんたって、ほんと、いい子ぶりっこ」

わたしも乾いた笑いで返す。

「そうだよ、わたしはいい子でいたいの。悪い？」

口に出すと、なんだかすっきりした。

「わたしには悪いところがあるし、そのせいで人を傷つけたことがたくさんあるだろうし、それについてはこれから改善できるように最大限努力する。だけど、それは麗那に好かれるためとか麗那と仲直りするためじゃなくて、これから出会う人たちとか、これから仲良くなりたい人に、いやな思いをさせないため」

これから仲良くなりたい人。そう口にしたとき思い浮かんだのは、紺の顔だった。

今、彼のことを考えたら、気持ちが弱くなってしまいそうだったので、軽く頭を振って追い払う。

それより今は、目の前のことを考える。

わたしと麗那は合わないんだ。合わない人っているんだ。『相性が悪い』んだ。

どれだけ長い時間を一緒に過ごしても、合わないものは合わない。合わない人と無理して一緒にやっていくのは、自分にとっても相手にとってもいいことがない。

それよりは、必要以上に接触しないように距離をとるほうがいいと、今回のことで学んだ。表面上だけうまくやればいい。浅い付き合いをすればいい。

本心と本音をさらけ出して、深い付き合いをしようとするから、軋轢《あつれき》が生まれてしまうのだ。はじめから表面的な付き合いを心がけたら、揉めることはない。

きっと、それが大人になるということだ。

本音で付き合えないのは、すこし寂しいことかもしれないけれど、べつにそれでもいい。

本当に親しくなりたい、本心を打ち明けられる間柄になりたいと思う人とだけ、深く付き合えばいいのだ。

だから。

「……ありがとね、麗那」

めいっぱいの笑みを浮かべて、わたしは言った。

怪訝な顔をする彼女に、わたしは満面の笑みで「ありがとう」と繰り返す。

これは、心の中ではぐちゃぐちゃの怒りと憎しみと悲しみにまみれたわたしの、最後の虚勢、せいいっぱいの強がりだ。

「わたしの悪いところ、思い知らせてくれてありがとう。あと、合わない人がいるってこと、取り返しがつかないことがあるってこと、教えてくれてありがとう。おかげで、わたしは、これからはもうちょっとうまく生きていけそう」

皮肉っぽく言って、わたしは彼女に背を向ける。

「じゃ、わたしは練習するから。麗那もそろそろ本気出したら？」

彼女の表情も見ずに、淡々と言う。

「いくら能力があっても、練習さぼってばっかりじゃなまるよ。わたしに追い越されたくないでしょ？」

いちおう部長だから、これくらいは言ったほうがいいだろう。なんせチームメイトだし、楽しくバスケを続けるには、いいメンバーで全力を出し切りたい。引退するまでにはもう一年も残されていないのだから、後悔のないように。

でも、きっともう二度とわたしは、彼女と深く関わり合うことはないだろう。

教室でも部活でも、当たり障りのない表面的な付き合いをして、クラスが替わったり、部活を引退したり学校を卒業したりしたら、もう二度と顔を合わせることはないだろう。

それでいいのだ。合わないものからは自ら離れて、適度に距離を置く、そういう強さもあるはずだ。

＊

つきものが落ちたような、妙にすっきりした気持ちで部活を終えて体育館を出ると、校舎につながる渡り廊下の端に、人影が立っていた。

すでに薄暗かったし、照明の当たらない場所にうつむきがちに佇んでいて顔が見えなかったので確証はなかったけれど、そのすらりとした細身の体型と、すこし猫背ぎみな立ち姿、髪の隙間から見えるきれいな横顔の輪郭から、すぐに彼だと分かった。

「紺？」

「あ、瑠璃。お、お疲れ」

まさかの登場に驚いて思わず動きが止まってしまったものの、わたしは笑顔で「なにしてんの」と返しつつ駆け寄る。彼とは旧校舎で人知れず過ごした時間が長すぎて、旧校舎以外の場所で顔を合わせることにまだ慣れず、なんだか気恥ずかしささえ覚える。

「こんなところでどうしたの、紺」

「ま、ま、待ってた、お、お、終わるの」

緊張しているのか、焦っているのか、紺はいつもより言葉を出すのに苦心しているようだった。

「え、待っててくれたの？　なんで？」

「だ、大丈夫かなって……」

「ああ、心配してくれてたの？」

今日は麗那と話をして、はっきり白黒つけようと思うと、昼休みに彼に話していた。ずっとあいまいな微妙な状態が続いていたから、居心地が悪かったのだ。

それで紺は話し合いがどうなったか心配して、来てくれたのだろう。

「ありがとね。でも、もう大丈夫だよ。言いたいこと言って、相手からも言われて全部聞いて、なんかすごくすっきりしてる」

「そっか……なら、よかった」

紺は自分のことのように嬉しそうに笑った。

「あっごめん、着替え、まだだよね。き、今日冷えるし、か、風邪ひいたらいけないから、どうぞ」

「あ、うん。ありがとう」

「こ、こ、……ここで待ってるから」

「えっ、うん……分かった」

なんとなく、一緒に帰る流れなのかなと思う。

短い間とはいえ、毎日昼休みを一緒に過ごしてきて、ずいぶん気心の知れた仲になった気がするのに、一緒に下校するとなると妙にそわそわしてしまう。

わたしはぱたぱたと小走りで更衣室に向かい、大急ぎで着替えて、ばたばたと走って彼の待つ場所に向かった。

だれかが自分を待っているというシチュエーションが慣れなくて、ひどくそわそわしていた。

「……あのさ、そういえば」

ふたり並んで校門を抜け、ちょうど旧校舎の裏手あたりを通るとき、ふと思い出して口を開いた。

「ひとつ確認しときたいことがあるんだけど」

「えっ、え？　う、うん、なに？」

紺はこちらを見て首をかしげる。

彼は細身で、猫背なせいか小柄に見えるけれど、実はけっこう背が高い。立って並ぶとわたしとはかなり身長差があり、座っているときとは違い見上げる形になる。

その違いになんだかまたそわそわしながら、ずっと気になっていたことをたずねる。

「紺は、あの、なんていうか……」

生きてるよね？　幽霊じゃないよね？　さすがにそんなふうに直接的にたずねるわけにもいかず、考えたすえに、

「……元気だよね？」

よく分からない質問になってしまった。

紺は数秒、わたしをじっと見つめて、静かにたずね返してきた。

「も、もしかして、飛び降りのこと、き、聞いた？」

彼の口から『飛び降り』という単語が出たことに、驚いて心臓がびくっと跳ねる。

「あっ、あー、うん……ごめん」

紺が旧校舎の屋上から飛び降りたというのが事実なのだとしたら、この話題は出してはいけなかったのではないか。

そう危惧したけれど、彼は穏やかな笑みを浮かべていた。

「その噂、まだ消えてないんだな……」

ひとりごとのように小さな声でぽつりとつぶやくのが聞こえた。

「噂？　ってことは、違うんだね」

ほっとして言うと、紺はふるりと首を横に振った。

「は、半分違って、半分合ってるって感じかな……」

「えっ」

飛び降りて死んだという噂が、半分は合っているということは、飛び降りたけど命は助かったとかいうことだろうか。

でも、だとしたら、心の傷はきっとすごく深いだろう。やっぱり触れないほうがよかったよな、と後悔していたら、彼がぽつぽつと語りだした。

一年生のある日、教室にいるのが気詰まりで授業中に抜け出し、気づいたら旧校舎にいた。なんとなく屋上にしのびこんで、なんとなく下を見ていた。

なんとなくだったのに、突然、魔が差したように、飛び降りちゃおうかな、と思った。飛び降りたら、もう教室に戻らなくていい。そう気づいたら身体が勝手に動いて、フェンスを登っていた。

でもフェンスの上から下を見て、その高さを実感したら、急激に怖くなって、思い止まった。

ただ、屋上のフェンスから身を乗り出しているところをクラスメイトのだれかに見られていたようで、その日の夜、SNSのクラスのグループ内で自分の自殺未遂の噂が回っているのを知ってしまった。もとからクラスの人たちが自分のことをいいふうに思っていないことは知っていたから、なおさらだった。

翌日は、怖くて学校に行けなかった。だれになにを言われるだろう、なにを訊かれるだろう、からかわれるんじゃないか、馬鹿にされるんじゃないか、そのとき自分はちゃんと説明ができるだろうか、うまく話せるだろうか、いや、できないに決まっている。そう考えると怖くて、行けなかった。

「……ど、どうせ、こういう話し方になるから、み、みんなに笑われるだろうし、逆に状況が悪くなるかなって……。それまでずっと、こ、高校に入ってからずっと、だれとも話さないようにしてたから、ばれるのが怖くて……」

わたしには紺の苦しみは想像することしかできない。

でも、先月、授業のときになぜかうまく音読ができなくなったときがあって、みんなの視線が痛くて、あの一回だけでもすごくすごく恥ずかしかった。紺はずっとあんな思いをしていたのだろうか。

飛び降りそうだったというところから、みるみるうちに噂に尾ひれがついて、一部では死んだとも言われているのを知った。そんな話が出ているのに学校に行く勇気はなく、そのまま不登校になってしまった。

クラスが替わったのですこし気が楽になり、二年生からはなんとか学校には来れるようになったけれど、やっぱりほかの生徒と会うのは怖くて、教室には入れず、四月からずっと保健室登校をしている。

その話を聞いて、やっといろいろなことが腑に落ちた。わたしが紺を知らなかったのは、校舎が違った上に彼が去年の半ばまでしか通常の登校をしていなかったからだ。見かける機会がなかったのも当然だった。

「む、無駄にしちゃったよね……」

紺はへへっと情けないような笑みを浮かべて言う。

「無駄？」

思いもよらない言葉が出てきたので、わたしはびっくりして訊き返す。彼はこくりとうなずいた。

「半年も学校休んで、時間を無駄に、人生を無駄に、しちゃったなって……い、今さらだけど」

紺の小さな吐露に、わたしは目を丸くした。

「え？　無駄ではないんじゃない？」

今度は彼が目を丸くする。

「……え、でも、だって、み、みんなが毎日学校に来て、勉強とか部活とかがんばってる間、おっおれは家でひとりでだらだらしてたんだよ、がが、学校の課題が終わったらあとはひたすらテレビとかゲームとかネットとか見てるだけだったんだよ。むっ無駄にしてるだろ……」

「でも、半年間休んだから、その間にエネルギーが溜まって、今こうやって学校に来れるようになったんじゃないの？　スマホだって、充電しなきゃ電池切れしちゃうでしょ。それと同じだよ、きっと」

わたしは不登校の人を羨ましいと思ってしまったことがあった。思いきって休めていいな、と思ってしまった。

学校に毎日行くという『普通』から逸脱するのは、すごく勇気がいることだし、怖い。ひとりで家にいるときはすごく心細いし、未来が不安でしかたがないだろう。

だから、わたしにはできなかった。休む勇気がなかった。

でも、紺にはその勇気があった。そして、学校を休んでゆっくり羽を休めることで、疲れた心や傷ついた心を回復できて、また飛ぶことができるようになったのなら、それはとても大事なことだし、無駄などでは決してなかったはずだ。

「はは……ありがとう」

紺が微笑む。

「なんか、ちょっと、き、気が軽くなったよ」

学校の最寄り駅が近づいてきたけれど、わたしたちはどちらも足を止めず、そのまま改札の前を通り過ぎて、自動販売機横にあるベンチにふたりで座った。

旧校舎の講義室ではいつも背中合わせに座っていたので、並んで座るというのは、慣れなくてそわそわする。今日はそわそわしてばっかりだな、とおかしくてすこし笑った。

「……こんな話、はじめてしたなあ」

紺がひとりごとのように言った。

「い、家でも、不登校の間は腫れもの扱いだったし、学校に来れるようになってからは不登校のころの話はタブーって雰囲気になってて……でもずっとどっかに引っかかってたから、言えてよかった。すっきりした……」

ずっと溜め込んでいたものをだれかに話すことですっきりする。それはわたしにもよく分かる感覚だった。わたしもずっと抱えていたものを紺に話して、気持ちが軽くなったのだ。

話を聞くだけで、紺がずっとかかえているものを軽くすることができるなら。重たい荷物を一緒に背負うことができるのなら。

「……話したくないことなら、話さなくてもぜんぜんいいんだけどね」

紺が「ん?」とこちらを見る。

「もし話したいなら、話して……。飛び降りたくなったのは、なんで?」

彼がはっと目を見開き、それからぐっと眉を寄せた。

鉱物みたいな瞳が、色を深くする。

ゆっくりと瞬きをしてから、紺はうつむいた。

そのままじっと動かなくなったので、わたしは慌てて「話さなくていいよ」と告げようとする。

でも、その前に彼が、「く、く、く、」と声を絞り出した。

「くっ、苦しかったんだ」

ぱんぱんに膨らんでいた風船が、とうとう弾けたような口調。

「お、お、お、おれは、」

思いが高ぶっているからか、話すのがいつもより苦しそうだった。

黙って見ていられなくて、膝の上でこぶしを震わせている彼の手を、わたしは反射的に握りしめる。

「おれは本当はこん、こんな人間じゃないんだ。こっこんな……っ、いい……、いつも、おお、おどおどして、びくびくして、い、言いたいことがまんしてうつむいてるような人間じゃ、なかったはずなんだ……」

震える声で彼が告白した内容は、わたしの知らない紺だった。


紺は、自分の話し方に自覚もコンプレックスもなかった幼稚園のころは、ガキ大将などと呼ばれるくらいやんちゃで、友達も多く、おしゃべりをするのが大好きな子だったのだという。

それなのに、小学校に入って音読を笑われた瞬間から、話すのが怖くなってしまった。それまで仲良くしていた人たちも離れていき、いつの間にかずっとうつむいて過ごすようになった。

入学したときは大好きだった学校が、地獄みたいに苦痛に感じるようになった。人が変わったように暗くなってしまった。

世界の全部が突然、闇に沈んだみたいだった、と紺は表現した。

「ほんとは、お、お、お、楽しいこと、い、いい、……話したり聞いたりするのが好きだし、と、友達作りたいしたくさんしゃべりたいし、みんなで遊びにいったりしたいし、ぶ、部活も入りたかったたし、なのにこんな……、ほ、本当の自分は、こんなんじゃないんだ」

なんとか言葉を絞り出したり、うまく言えずに言い換えたりしながら、必死に話す紺を見ていると、なぜかわたしが泣きそうになる。

「それなのに、こ、こんな、と、閉じ込められて、檻《おり》の中で生きるしかなくて、く、く、苦しくて苦しくて……。し、死んだら生まれ変われるかなって……」

彼の葛藤や苦しみは、想像も理解もできる。

でも、そのせいで彼が素のままの自分をさらけ出せないのは、まわりが素のままの彼を知ることができないのは、もったいないし、切なかった。

彼の心の檻の中で、外に出してくれと叫んでいる『本当の紺』の姿を思うと、黙っていられなかった。

「……『本当の自分』を閉じ込めてるのは、紺自身なんじゃない？」

紺がはっとしたように動きを止めて、わたしを凝視する。

その反応を見て、あ、またやっちゃった、と思う。また、考えなしの発言を。

いったい何度同じ過ちをくり返すのか。

わたしは本当にだめだ。

「ごめん……今の、取り消して」

発言の撤回などできるわけがない。言ってしまったことは消せない。そう分かっていても、とりあえず謝る。

でも、紺はまだすこし驚いたような表情のまま、小さく首を横に振った。

「そんなことない。た、たしかにそうだなって思ったよ。おれを閉じ込めてるのはおれ自身……そうだよなあ……」

彼はうなずき、それからゆったりと目を細める。

「……でもごめん。空気読まずに、思ったことそのまま言っちゃうの、ほんとやめなきゃって思ってるんだけど、なかなか直らなくて……」

わたしが項垂れて言うと、紺が慌てたように「そんなことないよ」と声を上げた。

「おっおれは、瑠璃のそういうところに、救われたから」

「……救われた？」

心当たりがいっさいなかった。もしかしてわたしを慰めるために口から出任せを言っているのかなと感じて、いぶかしんでいると、紺がわたしに『救われた』ときの話をしてくれた。


一年生の一学期、紺はだれとも話さなかったのでクラスで浮いていて、ときどきクラスメイトから、わざと話しかけて彼が返事をするまでにやにやしながら待たれたりなど、いじりの対象にされていた。

そのときも、渡り廊下でクラスの男子から話しかけられ、わざとだと分かっていたので傷つくと同時に怒りもあり、あえて答えようともせずにうつむいて黙り込んでいた。そうしていれば飽きて立ち去るのが分かっていたからだ。

そのとき、たまたまほかのクラスの女子の集団が通りかかった。

『なにあれ、シカト？　感じ悪いね』

ひとりがそう言ったのが、うつむいていた紺の耳にも届いた。ぜんぜん知らない人にまで誤解されて、彼は深く傷ついた。さらに顔を上げられなくなり、うつむいた。

『あー、漫画っぽいの持ってる、オタクか』

おそらく紺が胸に抱えていた本が目に入ったのだろう、彼女は言った。

『漫画とかゲームばっかやってて人としゃべらないから、コミュ障になるんだよね。だからオタクってキモい』

べつに紺に言っているわけではなさそうだったけれど、去り際に彼女が友達に言ったそんな言葉がはっきり聞こえた。

やっぱり自分は、見ず知らずの人にすら気持ち悪いと思われるのか、こんなふうに通りすがりに小馬鹿にしてもいいと思われるような存在なのか。

虚しい気持ちになっていたとき、その集団のひとりが遮るように言った。

『人の好きなものにキモいとか言うのやめなよ』

べつに強い口調だとか、正義感に溢れる様子でもなく、当たり前のことを言っているだけという感じだった。

『うちらだってバスケ好きじゃん。好きだからバスケの練習がんばってて、それを人から無神経に、必死でがんばってんのキモいとか言われたら、ムカつくでしょ』

彼は思わず目を上げ、発言の主の顔をたしかめた。


「――瑠璃だった」

「えっ」

紺の告白に、わたしは驚いて声を上げた。

まったく覚えていない。というか、わたしは去年のうちに紺に会っていたということか。

一年のころからわたしを知っていたという先日の彼の発言を思い出し、もしかしてそのときのことを言っていたのかと思う。

『でも、オタクはありえないでしょ』

そう言ったのは麗那だった。わたしはそれを聞いて呆れたように眉をひそめた。

『ありえないって……。自分だけの価値観で他人をジャッジするの、人としてどうかと思うよ。麗那がありえないと思うものを、いちばん大事にしてる人もいるんだから』

人としてどうかと思う。麗那をいたく傷つけ、怒らせてしまったそのせりふを言ってしまったのは、このときだったのだ。

いくら麗那の言葉が相手に対して失礼だといさめたかっただけとはいえ、今となってはやはり言いすぎだと思うし、もっとやわらかい言い方ができればよかったし、その場で言う必要もなかったと反省する。

でも、紺はそのときのわたしに、『救われた』のだと言う。

「……あ、あのときは、まわりみんな敵で、み、みんなおれのこと馬鹿にしてるって、絶望的な気分だったから……ぜんぜん知らない人なのに、友達をいさめてまでおれの味方をしてくれるのかって、すごく感激して、震えるくらい……嬉しかったんだ」

わたしのなにげない、麗那をあれほど怒らせた言葉が、紺にとっては『震えるほど嬉しかった』のか。そう考えると不思議だった。

そのときのことは覚えていないけれど、たぶん、先入観や思い込みだけで他人を馬鹿にする麗那の発言が、『いい子ぶりっこ』のわたしにとっては黙っていられなかっただけだった。なにか言いたいことがあれば言ってしまう性格なので、なにも考えず、空気も読まずに口に出した。それだけ。

でも、それに紺は救われたと言ってくれた。

「そ、そのときだけじゃないよ」

紺が続ける。

「お、屋上から飛び降りそうになったときも、い、いざというときに瑠璃が言ってくれた言葉をふと思い出して、そしたらなんか急にその気がなくなって、やめたんだ。だから、瑠璃はおれの命の恩人なんだ」

「え……そうだったの……」

自分にとっては覚えてもいないくらい些細なできごとが、紺にとっては運命を変えるほど大きいできごとだったのか。

人は、気づかない間にだれかを傷つけていることももちろんあるけれど、逆に知らない間にだれかを救っていることもあるのかもしれない。

「二年になって、学校にはなんとか来れても保健室からは出られなくて、昼休みは毎日ひとりで窓の外を見てたんだ。そしたらある日、お、恩人の瑠璃が、ひとりで旧校舎に走ってく姿を見かけて、どうしたんだろうって不思議に思って」

麗那からのいやがらせに耐えきれなくなり、教室を飛び出してはじめて旧校舎に逃げ込んだあの日。そのわたしの姿を、紺が見ていたというのは驚きだった。

それからもわたしが昼休みになると旧校舎へ行く日が続き、紺はなにかあったのかと心配になって、居ても立ってもいられなくなって追いかけたのだという。

「……はじめて、自分の意志で、自分の足で、保健室から外の世界に飛び出した。……瑠璃に話しかける勇気はなかったけど、様子がおかしいからやっぱり心配で、せめて同じ空間にいたいなって……」

毎日、第三講義室にひっそりと入ってきて、わたしに話しかけるでも目を向けるでもなく、背中合わせに座っていた紺の後ろ姿を思い出す。

まさかあのとき彼がそんなことを考えてくれていたなんて、想像もしなかった。

「でも、あ、あのとき……ずぶ濡れで泣きながら走ってくのを見て、もうがまんできなくて、こっこれ以上見て見ぬふりしてちゃだめだって覚悟決めて、勇気を振り絞って声をかけたんだ」

紺が貸してくれたタオルのあたたかさを思い出して、胸がぎゅっとなる。

そんな思いでわたしに話しかけてくれたのか。

「だからおれ、綺麗なんかじゃないよ。み、見返りを求めないとかじゃなくて、瑠璃だから、ほうっておけなかったんだ」

いつか紺のことを綺麗だと言ったら、彼はそんなんじゃないと否定した。

今、その理由を聞いても、それでもやっぱり彼は綺麗だと思う。

「み、見返りを求めないで見ず知らずの他人を救ったのは、瑠璃のほうだよ。お、おれを救ってくれた」

紺がまっすぐにわたしを見つめている。

ふと見ると、彼の背後には、夕焼け空が広がっていた。知らぬ間に日が暮れていて、ずいぶん長いあいだ話し込んでいたことに気づかされる。

ベンチ脇の街灯にも、いつの間にか明かりが点っていた。

「……おれ、実は、高いところが怖かったんだ」

淡いオレンジ色の夕陽を背に浴びながら、ふいに紺がぽつりと言った。

脈絡がなかったので、わたしはすこしびっくりして彼を見つめる。

「あの、屋上から飛び降りそうになった日から、こ、高所恐怖症っていうか……高いところから下を見下ろすと、あのときの恐怖が甦ってきて、足がすくんで、動けなくなって……。たとえ家の階段とかでも、数段でも飛び降りられないくらい無理になって……」

「……そっか、そうだったんだ」

そういえば紺は、第三講義室で、決して窓際の席には座らなかった。必ず窓から二列目だった。あれは、窓の下が見えないように、だったのかもしれない。

あれ、でも、と思い出す。

「この前、二階から飛び降りてきたよね？　わたしと麗那が揉めてるのを止めに来てくれたとき……」

体育館の裏で、麗那と話していて険悪な雰囲気になったとき、紺が助けに来てくれた。旧校舎の二階の窓から飛び降りて――。

「そう、そうなんだ。高いところを克服できたのも、瑠璃のおかげだよ」

紺がこくこくとうなずく。わたしは目を見開いた。

「え？　わたし……？　なにかしたっけ」

彼は思い出すように目を細めて、「あのとき」と言った。

「あのときおれは、瑠璃を助けなきゃっていう一心だった。い、いつもなら二階の高さでも、下を見たら身体が動かなくなるのに、あ、あのときはちがった。階段使って下りて行ったら遅くなる、一秒でも早く瑠璃のところに行かなきゃって思って、気がついたら身体が動いてて、飛び降りてたんだ」

「…………」

紺がそれほど強い思いでわたしのもとへ駆けつけてくれたのだと思うと、胸がぎゅうっと苦しくなった。

でもそれは、悲しみの苦しさではなく、喜びの苦しさだった。嬉しすぎて胸が苦しくなることもあるのだ。

「……ありがとう」

わたしは噛みしめるように言った。

これまではただ単に、助けてくれてありがとう、という気持ちで感謝していた。

でも今は、紺が自分の中の大きな恐怖を乗り越えて助けに来てくれたのだと知った今は、もうそんな単純な感謝では足りなかった。

紺は、わたしのために、変わってくれたのだ。わたしのために、足を踏み出してくれたのだ。

それはなんて大きな想いだろう。

わたしもこれまで以上の想いを込めて、彼を見つめ返す。

街灯の明かりに照らされて、青みがかった灰色に輝く瞳。

「……綺麗な目だよね」

無意識のうちに呟いた。

彼ははっとしたように目を見開く。

「ああ、これ……なんか、うちの家系、たまにこういう目の色で生まれてくる人がいるらしくて……」

その美しい瞳を、紺は顔を伏せて前髪とまぶたで隠してしまう。

もっと見ていたくて、わたしは彼の頬に両手で触れて、上向かせた。それから前髪のカーテンを開く。不思議な色合いに輝く瞳が、再びわたしの目の前に現れた。

「すごく綺麗。宝石みたい」

「……そんなふうに言ってくれるの、瑠璃くらいだよ」

紺は困ったように微笑んだ。

「こんなに綺麗なのに」

「……お、お前の目の色、気味が悪い、怖いからこっち見るなって……」

さびしそうにつぶやいた彼の言葉を聞いて、わたしが思わず眉を寄せた。

「なにそれ、むかつく。だれが言ったの。文句言いに行こう！」

途端に紺が、あははっと明るく笑った。

「ありがとう。やっぱり瑠璃はかっこいいなあ」

「そんなことないよ……」

応えながら、ふと思い出した光景があった。

突然わたしの目の前に落ちてきた、白いかけら。

「……もしかして、『口がきけない化物』って絵と文章、書いたことない？」

驚いたように紺が目を丸くする。

なんで知っているのかという心の声が聞こえてきた気がして、わたしはその経緯を話した。

去年の授業中、なにか黒っぽいものが落ちるのが見えたような気がして窓の外に目を向けたら、突然白い紙きれが飛んできて、わたしの机の上に舞い落ちた。

まるで天使の羽根みたいに。

見てみたら、孤独な化物の絵と文が書いてあって、それが黒く塗りつぶされていた。

そのときはなにも思わず、今まですっかり忘れていたけれど、今聞いた紺の話と重なる部分がある。はっきりとは覚えていないけれど、紺の字にすこし似ていたような気もする。ずいぶんと弱々しくて震えていたけれど。

「……うん。書いたよ」

紺が泣きそうな顔で笑う。

「あのとき、飛び降りる前に、ここから落ちたら死ねるかなって思って、た、確かめるために自分の鞄を落としてみたんだ……」

落ちている途中に学生鞄のふたが開いてしまい、中身が飛び散ってしまった。

その中に、感情がたかぶったときに思わずノートの端に殴り書きをしてしまい、慌てて塗りつぶして千切りとった『口がきけない化物』の紙切れもあったはずだった。

でも、鞄の中身を拾い集めているときに見つからず、どこかへ飛んでいったのだろうと思っていた。

「それが風に乗ってわたしのところに飛ばされてきたんだね……」

紺の苦しい思いのつまった紙切れが、たまたまとはいえわたしのもとに届いたのは、偶然なんだろうけど偶然じゃないような、必然であってほしいような気がする。

「……なんか運命的だね」

かすかな縁を何度もつなぎ、一年を経て、あの水槽の片隅で、やっと出会うことができたわたしたち。

外の世界から忘れられた水槽の中で、ふたりきり。

外の世界を包む暗い雨から逃れるように、同じ時を過ごした。

「瑠璃に見つけてもらえてよかった」

紺はそう言って、照れたように頬を赤く染めた。

それはあの紙切れのことなのか、紺自身のことなのか。

静かにわたしを見つめる澄んだ眼差し。

この瞳が、まだだれも知らない、だれもその美しさに気づいていない宝石なのだとしたら。

それをだれよりはじめに見つけることのできたわたしは、ものすごく幸運だと思った。

世界にたったひとつの、わたしだけの宝物を見つめながら、わたしは「紺」と呼ぶ。

「――わたしに出会ってくれて、ありがとう」

あまりにも綺麗で、なぜか涙が込み上げてきて、必死にこらえて続ける。

「わたしを見つけてくれて、わたしに見つけさせてくれて、ありがとう」

紺は青空のような、新緑のような、雨雲のような瞳をゆったりと細め、茜《あかね》色の夕陽の中で「こちらこそ」と微笑んだ。

【完】

あとがき

このたびは、数ある書籍の中から『傷だらけの僕らは、それでもいつか光を見つける』を手に取ってくださり、誠にありがとうございます。

新作はどんなお話にしようかなと考えていたときに、これまでとは違うタイプの主人公にしてみようと思ったのが、この瑠璃の物語を書いたきっかけでした。

私がこれまでに書いた小説は、周りの顔色をうかがい、空気を読み、思ったことを口に出せずに溜め込んでいる主人公が多いです。それは私自身にもそういう部分があり人と関わる中で苦い経験もしてきたので、自分の苦悩を昇華できる物語を書きたいという思いと、また世の中には同じような葛藤を抱えている人も多いので、そのような方に向けて救いとなる物語を書きたいという思いがあるからです。

しかし私の周囲には、少数派ではありますが、逆に『思ったことをそのまま口に出してしまう』タイプの人も確かにいて、中にはそのことで悩んでいたり、つらい思いをしたことがあったりという話も聞いたことがありました。また、思い返してみれば私自身も幼いころは後先考えずに行動したり発言したりしてしまうところがあって、それで友達と喧嘩になったこともありました（子どもだったんですね）。

そんな過去の自分や、周囲から聞いた話をもとに、瑠璃というキャラクターを練り上げていきました。瑠璃は自分に正直すぎる性格により友達との関係にひびが入り、なにもかもうまく行かなくなり、自分のことを嫌いになり、初めての苦悩を味わいます。そんな彼女が出会うのは、ある理由から自分に正直になれない少年です。彼は瑠璃とは異なる悩みや葛藤を抱え、自分を好きになれないでいます。

傷だらけでもがく彼らが、どのように目の前の困難に立ち向かい、乗り越えて、自分たちなりの光を見つけるか、最後まで見守っていただけましたら幸いです。それして彼らの踏み出した一歩が、読んでくださった方にとっても新しい光を見つけるきっかけになれましたら嬉しいです。

二〇二三年十一月六日　汐見夏衛

汐見夏衛先生への
ファンレター宛先

〒104-0031 東京都中央区京橋1-3-1
八重洲口大栄ビル7F
スターツ出版（株） 書籍編集部気付
汐見夏衛先生

傷だらけの僕らは、それでもいつか光をみつける

2023年11月6日　初版第1刷発行

著　者　汐見夏衛

発行者　菊地修一

発行所　スターツ出版株式会社
〒104-0031
東京都中央区京橋1-3-1　八重洲口大栄ビル7F
出版マーケティンググループ
TEL 03-6202-0386（ご注文等に関するお問い合わせ）
https://starts-pub.jp/

印刷所　株式会社　光邦

Printed in Japan

ISBN 978-4-8137-9283-3 C0095

この1冊が、わたしを変える。
スターツ出版文庫　好評発売中！！
あの花が咲く丘で、君とまた出会えたら。
汐《しお》見《み》夏《なつ》衛《え》／著
定価:616円
（本体560円＋税10%）
SNSで超話題！
孤独な少女と死を覚悟した特攻隊員が出会った奇跡。
汐見夏衛
あの花が咲く丘で、君とまた出会えたら。
スターツ出版文庫
親や学校、すべてにイライラした毎日を送る中2の百合。母親とケンカをして家を飛び出し、目をさますとそこは70年前、戦時中の日本だった。偶然通りかかった彰に助けられ、彼と過ごす日々の中、百合は彰の誠実さと優しさに惹かれていく。しかし、彼は特攻隊員で、ほどなく命を懸けて戦地に飛び立つ運命だった――。のちに百合は、期せずして彰の本当の想いを知る…。涙なくしては読めない、怒濤のラストは圧巻！
イラスト/pomodorosa
ISBN 978-4-8137-0130-9

今話題の
汐見夏衛が贈る、青春恋愛小説
続々
重版中！
夜が明けたら、
いちばんに
君に会いにいく
汐見夏衛・著
定価：1320円
（本体1200円＋税10%）
思いもしなかったんだ。
私の世界が変わるなんて。
私の死にかけた心をはげしくゆさぶったのは、君でした。
ある事情から優等生を演じている茜。そんな茜を見抜くように、隣の席の青磁から「嫌いだ」とはっきり言われショックをうける。自由奔放な彼を嫌っていた茜だけど、孤独と窮屈さでどうしようもなくなっていた自分を救ってくれたのは、青磁だった。青磁の隣で過ごす時間は、茜の気持ちをゆっくりと溶かしていき…。少年の秘密とタイトルの意味を知った時、涙が止まらない！
ISBN：978-4-8137-9011-2
感動の声、
続々！
何度も壁にぶつかることがあるけど、この本を読んだら吹っ切れる気がします！
（ニーナさん）
読み終わったとき、気づいたら涙が出ていて、自分でもびっくりしました。
（＊星屑＊さん）